पं. गौरीदत्त

डॉ. राम निरंजन परिमलेन्दु के अनुसार पं. गौरदत्त का जन्म सन् 1836 में लुधियाना में हुआ और मृत्यु सन् 1890 में मेरठ में। आप 'नागरी' की सेवा में दीवानगी की हद तक समर्पित रहे। हिन्दी प्रचार में डॉ. लक्ष्मीसागर वार्ष्णेय ने इन्हें प्रतापनारायण मिश्र, महावीर प्रसाद द्विवेदी, बालमुकुन्द गुप्त आदि की पंक्ति में रखा था। आचार्य रामचन्द्र शुक्ल ने अपने 'हिन्दी साहित्य का इतिहास' में गौरीदत्त जी का बड़े आदर से उल्लेख किया है—'भारतेन्दु के अस्त होने के कुछ पहले ही नागरी प्रचार का झंडा पं. गौरीदत्त ने उठाया। वे मेरठ के रहनेवाले सारस्वत ब्राह्मण थे और मुदर्रिसी करते थे। अपनी धुन के ऐसे पक्के थे कि चालीस वर्ष की अवस्था हो जाने पर इन्होंने अपनी सारी जायदाद 'नागरी प्रचार' के लिए लिखकर रजिस्ट्री करा दी और आप संन्यासी होकर नागरी प्रचार का झंडा हाथ में लिये चारों ओर घूमने लगे।'

देवरानी जेठानी की कहानी

हिन्दी का प्रथम उपन्यास

(वर्ष 1870 ई. में प्रकाशित)

पं. गौरीदत्त

सम्पादक

डॉ. पुष्पपाल सिंह

रेमाधव पेपरबैक्स

रेमाधव पेपरबैक्स में
पहला संस्करण : 2006
सातवाँ संस्करण : 2025

रेमाधव पब्लिकेशन : उत्कृष्ट साहित्य के जनसुलभ संस्करण

रेमाधव पब्लिकेशन्स प्राइवेट लिमिटेड
जी-17, जगतपुरी, दिल्ली-110 051
द्वारा प्रकाशित

शाखाएँ : अशोक राजपथ, साइंस कॉलेज के सामने, पटना-800 006
पहली मंजिल, दरबारी बिल्डिंग, महात्मा गांधी मार्ग, प्रयागराज-211 001
1, अनमोल सोराबजी संतुक लेन, धोबी तलाव, मरीन लाइंस, मुम्बई-400 002

वेबसाइट : www.remadhav.com
ई-मेल : contact@remadhav.com

विकास कंप्यूटर एंड प्रिंटर्स
ट्रॉनिका सिटी-201 102
द्वारा मुद्रित

मूल्य : **₹** 125

DEVRANI JETHANI KI KAHANI
Novel by Gauridutt

ISBN : 978-81-89850-66-1

आदरणीय श्री सुरेशचन्द्र जी

को

जो इस समाज के अंग-संग हैं।

प्रस्ताविका

पं. गौरीदत्त कृत 'देवरानी जेठानी की कहानी' हिन्दी का प्रथम श्रेण्य (क्लासिक श्रेणी का) उपन्यास है। यह उपन्यास अपने कथ्य में गहरी सामाजिक संपृक्ति और यथार्थ के खाँटी रूप को प्रस्तुत करने में तो बेजोड़ है ही, भाषा-शैली और शिल्प की दृष्टि से भी अपने समय से बहुत आगे की रचना है। मेरा दृढ़ विश्वास है कि यदि हिन्दी उपन्यास ने पं. गौरीदत्त की उपन्यास परम्परा का अनुगमन किया होता तो आज वह और भी समृद्ध होता। आदर्श और यथार्थ का जैसा सन्तुलित सम्मिलन इस उपन्यास में हुआ है, वह 'आदर्शोन्मुख यथार्थवाद' का एक प्रतिमान (मॉडल) है। यहाँ यह विमर्श अभीष्ट नहीं है कि हिन्दी का प्रथम उपन्यास लाला श्रीनिवास दास का 'परीक्षागुरु' है या पं. गौरीदत्त का 'देवरानी जेठानी की कहानी', बहुत पहले डॉ. गोपाल राय ने यह प्रस्थापित कर दिया है कि हिन्दी का प्रथम उपन्यास 'देवरानी जेठानी की कहानी' ही है।[1] सुविधाजनक सन्दर्भ के लिए ज्ञातव्य है कि 'परीक्षागुरु' का प्रकाशन सन् 1882 में हुआ—जबकि 'देवरानी जेठानी की कहानी' का प्रकाशन 1870 ई. में हुआ था। सर्वप्रथम यह उपन्यास 1870 ई. में मेरठ के एक लीथो प्रेस 'छापाखान-ए-ज़ियाई' में प्रकाशित हुआ और इसकी 500 प्रतियाँ प्रकाशित की गयी थीं और मूल्य केवल बारह आने था। यद्धपि कुछ समय तक इस उपन्यास को 'नारी शिक्षा विषयक' कृति कहकर उसके समुचित गौरव से वंचित रखा गया किन्तु अपनी गहरी सामाजिक दृष्टि और व्यापक मानवीय सरोकारों की दृष्टि से यह ऐसा सशक्त उपन्यास है, बहुत देर तक जिसके जोड़ की कृति हिन्दी में प्राप्त नहीं होती। छोटे आकार (क्राउन साइज़) के मात्र पैंतीस पृष्ठों की इस छोटी-सी औपन्यासिक कृति में तत्कालीन सामाजिक समस्याओं को इतनी सूक्ष्म दृष्टि से इतने बहु आयामी

रूपों में सन्दर्भित किया गया है कि हिन्दी के प्रथम उपन्यास में ही यह कौशल देखकर आश्चर्य होता है। बाल-विवाह, विधवा विवाह; विवाह में फिजूलखर्ची, स्त्रियों की आभूषण-प्रियता की वृत्ति, परिवारों में अलग्योझा की समस्या, वृद्धों का बहुओं द्वारा रखा जाना आदि समस्याएँ नारी शिक्षा की समस्या के साथ बड़े कौशल से अन्तर्ग्रन्थित हैं। साथ ही लोक जीवन इतने चटख रंगों में पूरी प्रामाणिकता में चित्रित हुआ है कि तत्कालीन सामाजिक परिदृश्य से गहरी पहचान स्थापित कराता है।

'देवरानी जेठानी की कहानी' का महत्व-स्थापन करने के लिए 'परीक्षा गुरु' (लाला श्रीनिवास दास) को कमतर करके देखने की आवश्यकता नहीं है किन्तु जिस भाषा-शिल्प की ताजगी के लिए 'परीक्षा गुरु' की प्रशंसा की जाती रही है, 'देवरानी जेठानी' इस दृष्टि से बहुत आगे की रचना है। 'परीक्षा गुरु' की भाषा बोल-चाल की भाषा के निकट है, उसमें जन-भाषा के शब्द प्राय: उसी उच्चारण में लिखित हैं किन्तु वह भाषा फिर भी एक कृत्रिमता का निर्मोक लिए हुए है, उसमें जन-भाषा की सहज ऋजुता, रवानगी नहीं आ पायी है, 'परीक्षा गुरु' की भाषा का उदाहरण द्रष्टव्य है—

''हम प्रथम लिख चुके हैं कि हरकिशोर साहसी पुरुष था और दूर के सम्बन्ध मैं ब्रजकिशोर का भाई लगता था, अब तक उस्के काम उस्की इच्छानुसार हुए जाते थे। वह सब कामों में बड़ा उद्योगी और दृढ़ दिखाई देता था। उसका मन बढ़ता जाता था और वह लड़ाई-झगड़े वगैरे के भयंकर और साहसिक कामों में बड़ी कारगुजारी दिखलाया करता था। वह हरेक काम के अंग-प्रत्यंग पर दृष्टि डालने या सोच-विचार के कामों में माथा खाली करने और परिणाम सोचने या कागज़ी और हिसाबी मामलों में मन लगाने के बदले ऊपर, ऊपर से इन्को देखभाल कर केवल बड़े-बड़े कामों में अपने तांई लगाने रखने और बड़े आदमियों से प्रतिष्ठा परनें की विशेष रुचि रखता था।''

—प्रकरण-25

जहाँ 'परीक्षा गुरु' में संवादों की भाषा अधिक चुस्त बन पड़ी है वहाँ भी उसमें जन-भाषा की वैसी रस-रीति दिखाई नहीं देती जैसी 'देवरानी जेठानी की कहानी' में है, यथा—

''पहलै उस्को निहालचन्द मोची मिला, उस्ने पूछा ''आज कितने की बिक्री की ?''

''खरीदारी की तो यहाँ कुछ हद ही नहीं है परन्तु माल बेचकर दाम किस्सै लें ? जिस्को बहुत नफे का लालच हो वह भले ही बेचे, मुझको तो अपनी रकम डुबोनी मंजूर नहीं।'' हरकिशोर ने जवाब दिया।''

—प्रकरण-25

दूसरी ओर 'देवरानी जेठानी की कहानी' की भाषा का जन-भाषा से सहज जुड़ाव, किस्सागोई का अनूठा संस्कार, लोकभाषा के अर्थ-गर्भित शब्दों का सचेत प्रयोग, बोलचाल या कहें बोली-बानी का टटका रंग और उसमें मुहावरेदानी और लोकोक्तियों का जड़ाव—ये सब विशिष्टताएँ उपन्यास के कथा-मिजाज की भाषा का सृजन करती हैं, यथा—

''जब सायंकाल को सारे दिन का हारा थका घर आता, नून-तेल का झींकना ले बैठती। कभी कहती मुझे गहना बना दे, रोती-झींकती, लड़ती-भिड़ती। उसे रोटी न करके देती। कहती कि फलाने की बहु को देख, गहने में लद रही है। उसका मालिक नित नयी चीज लावै है। मेरे तो इस घर में आके भाग फूट गये। वह कहता, अरी भागवान, जाने भगवान रोटियों की क्यों कर गुजारा कर रहे हैं तुझे गहने-पाते की सूझ रही है ?''

बोलचाल के जिन शब्द-युग्मों का प्रयोग कर प्रेमचन्द अपनी भाषा को एक विशेष जीवन-गंधी संस्कार प्रदान करते हैं, वह गौरीदत्त के यहाँ भी उसी सहज रूप में प्राप्त है। प्रेमचन्द से एक उदाहरण: ''न किसी के लेने में न देने में। छक्का-पंजा न जानता था, छल-प्रपंच की उसे छूत भी न लगी थी। ('सवा सेर गेहूँ', 1924 ई.) इसी प्रकार का उदाहरण 'देवरानी जेठानी' में देखिए: ''और जब कभी भाव चढ़ा देखता तो हजार का नाज-पात लेकर दुकान में डाल देता और फायदा देख उसे बेच डालता। ब्याज-बट्टे और गिर्वी-पाते की भी उसे बहुतेरी आमदनी थी। हाट-हवेली, धन-दौलत, दूध-पूत, परमेश्वर का दिया उसके पास सबकुछ था।'' किन्तु भाषा शैली की बात थोड़ी रुक कर, श्रीनिवास दास ने 'परीक्षा गुरु' की भूमिका में जो लिखा था ''...... अपनी भाषा में यह नई चाल की पुस्तक होगी'', बिना किसी ऐसी घोषणा के कथ्य और भाषा-शैली दोनों दृष्टियों से 'देवरानी जेठानी की

कहानी' निश्चय ही नयी चाल की ऐसी पुस्तक है जिससे आज का उपन्यास लेखक भी कुछ दिशा-निर्देश पा सकता है।

कृति की सामाजिक सोद्‌देश्यता का सवाल मुख्यत: प्रेमचन्द के समय से ही जोड़ कर देखा जाता रहा है। पं. देवीदत्त ने अपनी इस कृति से स्पष्ट कर दिया है कि वे इसका प्रणयन स्त्री-शिक्षा के लिए ही कर रहे हैं, हाँ उनका इतना दावा अवश्य है, ''मैंने इस कहानी को नये रंग-ढंग से लिखा है। मुझको निश्चय है कि दोनों, स्त्री-पुरुष इसको पढ़कर अति प्रसन्न होंगे। और बहुत लाभ उठायेंगे।'' इस प्रकार एक उद्देश्य विशेष में प्रवृत्त होकर 'बनियों' के परिवार की पृष्ठ-भूमि में कथा को प्रस्तुत किया गया है। पश्चिमी उत्तर-प्रदेश (विशेषत: मेरठ) के वैश्य परिवार जिस रूप में रह रहे थे, लेखक ने ''ठीक-ठीक वही लिखा है''.........''बाल बराबर भी अन्तर नहीं है।'' यहाँ यथार्थ को जिस खाँटी रूप में प्रस्तुत किया गया है (''बाल बराबर भी अंतर नहीं''), मुझे आश्चर्य होता है कि अबसे प्राय: 40-45 वर्ष पूर्व अपने बचपन और कैशोर्य में मैंने इस समाज को प्राय: इसी रूप में देखा है जिस रूप में सन् 1870 ई. की इस कृति में चित्रित है। इसका प्रत्यक्ष कारण यह है कि उस समय तक 'नगरों' का भी इतनी तेजी से नगरीकरण-आधुनिकीकरण नहीं हुआ था। वे अपनी प्रकृति और व्यवहार में 'गाँव' के उन्हीं संस्कारों से जुड़े हुए थे। अपनी कृति को पं. गौरीदत्त स्त्री-शिक्षा से संबंधित कर अपने कार्य को ओर भी महत्तर बना देते हैं। जब हमारा ध्यान इस तथ्य की ओर जाता है कि नारी-शिक्षा और अभ्युदय के अग्रदूत स्वामी दयानन्द सरस्वती का 'आर्य समाज' अभी स्थापित नहीं हुआ था—हाँ, राजा राममोहन राय, नवीनचन्द्र राय, ईश्वरचन्द्र विद्यासागर, स्वामी रामकृष्ण परमहंस प्रभृति विभूतियों के विचारों का प्रभाव हिंदी क्षेत्र पर भी पूरी तरह पड़ने लगा था। इस पृष्ठभूमि में नारी-शिक्षा विषयक यह औपन्यासिक कृति नि:सन्देह और भी गौरवपूर्ण सिद्ध होती है। इसकी रोचकता और समाज-सुधार की दृष्टि से ही प्रभावित हो 'पश्चिम देशाधिकारी श्रीयुत लेफ्टिनेण्ट गवर्नर बहादुर ने 24 जून 1870 ई. के पत्र द्वारा पं. गौरीदत्त पंत को 100 रुपये के पुरस्कार, से प्रोत्साहित किया। कल्पना की जा सकती है कि कितनी बड़ी राशि और सम्मान रहा होगा यह उस समय!!

नारी–शिक्षा के साथ–साथ लड़कों के लिए अँग्रेजी शिक्षा का महत्व भी धीरे–धीरे लोगों को समझ में आने लगा था। सन् 1835 ई. में ही अँग्रेजी शिक्षा प्रसार की योजना प्रारम्भ हो चुकी थी। जो भी परिवार अपने बच्चों, लड़कों को कुछ बनाना चाहता था, उसे अँग्रेजी पढ़ाने में इस उद्देश्य की सम्पूर्ति दिखायी देती थी। इसीलिए इस कहानी के लाला सर्वसुख अपने छोटे बेटे को अँग्रेजी पढ़ाना चाहते हैं। इस प्रकार विवेच्य उपन्यास में हमारे सामाजिक जीवन में परिवर्तन की जो सुगबुगाहट, बहुत धीमी गति से चल रही थी, उसकी भी पदचाप पूरी तरह सुनी जा सकती है। यद्यपि ऋषभचरण जैन एवं सन्तति से प्रकाशित (1986 ई.) की प्रकाशकीय विज्ञप्ति में इस कृति के आंचलिक तत्त्व पर बल दिया गया है किन्तु इसमें चित्रित जन–जीवन पश्चिमी उत्तर प्रदेश के अंचल विशेष का होकर भी कमोबेश पूरे देश के समाजार्थिक जीवन को साक्षात् करता है। अशिक्षा में डूबा हमारा समाज किन रूढ़ियों–अन्धविश्वासों में जी रहा था और थोड़ी–बहुत शिक्षा पाकर भी एक पीढ़ी किस प्रकार इस सबका विरोध कर रही थी, उपन्यासकार ने इस सब पर दृष्टि डाली है, ''पढ़ी और बेपढ़ी स्त्रियों में क्या–क्या अन्तर है, बालकों का पालन और पोषण किस प्रकार होता है, और किस प्रकार होना चाहिए, स्त्रियों का समय किस–किस काम में व्यतीत होता है, और क्यों कर होना उचित है। बेपढ़ी स्त्री जब एक काम को करती है, उसमें क्या–क्या हानि होती है। पढ़ी हुई स्त्री जब उसी काम को करती है, उससे क्या–क्या लाभ होता है। स्त्रियों की वह बातें जो आज तक नहीं लिखी गयीं मैंने खोजकर सब लिख दी हैं...।'' इस प्रकार यह उपन्यास 'है' और 'चाहिए' की स्थितियों का अत्यन्त कुशलता से निर्वाह करता है। 'चाहिए' (आदर्श) कहीं भी आरोपित या कथा पर भारी नहीं पड़ता है—सहज रूप में अनुस्यूत होता है। लेखक अपने मन्तव्य की अभिव्यक्ति के लिए दो पात्र जेठानी, जो बिना पढ़ी हुई है और देवरानी, जो पढ़ी हुई है, को समानान्तर रख कर देखता है। स्त्री–शिक्षा ही नहीं पुरुष शिक्षा पर भी उपन्यासकार ने बल दिया है—दौलतराम को बिना पढ़ी पत्नी क्यों मिली, क्योंकि वह स्वयं भी पढ़ा हुआ नहीं था। इस प्रकार उपन्यास का मुख्य फोकस नारी–शिक्षा पर होते हुए भी सारे समाज की शिक्षा पर ही है। लेखक यदि स्त्रियों के लिए नागरी शिक्षा को पर्याप्त समझता

है तो पुरुषों के लिए अँग्रेजी शिक्षा को। छोटी बहू के पिता का रुतबा इस बात से और भी बढ़ जाता है कि वह अँग्रेजी पढ़ा हुआ है। स्त्रियों में चर्चा है कि "इसका बाप तहसीलदार है अँग्रेजी पढ़ा हुआ है। अपनी बेटी को आप पढ़ाया है।"

उपन्यासकार ने शिक्षिता बहू देवरानी और पूर्णत: अशिक्षिता जेठानी की जीवनचर्या को साथ-साथ रख कर दिखाया है कि अशिक्षा के कारण जेठ-जेठानी का जीवन कितना निकृष्ट और नारकीय बन गया है जबकि शिक्षा के ही कारण देवरानी और देवर का जीवन कितना स्पृहणीय! "दिल तो वहाँ नहीं मिलता जहाँ मर्द पढ़ा हो, और स्त्री बेपढ़ी। जब वह दोनों मिलते, एक-दूसरे को देख बड़े प्रसन्न होते। इधर वह उसके मन की बात पूछती और अपनी कहती। इधर उसकूँ इस बात का बड़ा ही ध्यान रहता कि कोई बात ऐसी न हो कि जिससे इसका मन दुखे।" कृति का उद्देश्य बारम्बार कथा-क्रम में मुखर हो कर आता है किंतु विशिष्टता यह है कि कहीं भी वह आरोपित नहीं है, कथा में वह प्रसंगानुकूल अनुस्यूत होता चलता है। छोटी बहू मुहल्ले और बिरादरी की लड़कियों को यदि काढ़ना-बुनना, फुलकारी आदि सिखाती है तो साथ में 'लिखना-पढ़ना' भी 'सिखलाती' है, सुखदेई (छोटी बहू की ननद) जब पीहर को चिट्ठी भेजती है तो कई चीजें मँगाती है, जिनमें 'भाई की भोज प्रबंध की पोथी' भी मँगाती है, दौलतराम (जेठ) की बहू की 'भनेली' (अंतरंग सहेली) जब पति के घर से निकल जाने पर पत्र लिखाती है तो स्वीकार करती है "और यह मुझसे खोटी मति स्त्रियों के पास बैठने से ऐसा हुआ", जब छोटी का बेटा मोहन सात वर्ष का हो जाता है तो उसे अँग्रेजी पढ़ने को मदरसे में बिठला दिया था—इस प्रकार शिक्षा का महत्व, विशेषत: नारी-शिक्षा का महत्व, बार-बार कथा में एक अनुगूँज-सा बना रहता है।

नारी-शिक्षा किस प्रकार सामाजिक परिवर्तन में अपनी महत्वपूर्ण भूमिका निबाह सकती है, इस पर उपन्यासकार विचार करता है। उस समय बाल-विवाह खूब हो रहे थे किन्तु छोटी बहू और उसका पति छोटेलाल अपने पुत्र मोहन को पढ़ाना चाहते हैं, "नन्हे की सगाई कई जगह से आयी पर छोटेलाल

और उसकी बहू ने फेर-फेर दी। और यह कहा कि पन्दरह-सोलह वर्ष का होगा तब विवाह-सगाई करेंगे।'' उस समय के समाज में यह बहुत बड़ा निर्णय था, छोटे-छोटे बच्चों के 5-6 वर्ष या कभी-कभी इतने से भी पहले विवाह हो जाते थे। ध्यातव्य यह है कि जब 1916-17 में प्रेमचन्द 'सेवासदन' लिख रहे थे (प्रकाशन वर्ष 1918 ई.) तो वे भी आदर्श रूप में विवाह की आयु (लड़की की) पन्द्रह-सोलह वर्ष ही बताते हैं। उस समाज-व्यवस्था में इतनी आयु तक अविवाहित रहना एक आदर्श था। उस समय पोतड़ों में ही विवाह कर देना भी रईसी और प्रतिष्ठा का चोचला था।

डॉ. बच्चन सिंह अपने 'हिन्दी साहित्य का दूसरा इतिहास' में 'देवरानी जेठानी की कहानी' को 'वामा शिक्षक' और 'भाग्यवती' के साथ रखकर इसे 'स्त्री जनोचित शिक्षा ग्रंथ' कह कर चलता कर देते हैं और ''इनमें औपन्यासिक तत्त्वों का अभाव देखते हैं। वस्तुतः 'देवरानी जेठानी.......' स्त्रीजनोचित शिक्षा-ग्रंथ मात्र नहीं है अपितु उसमें सामाजिक परिवर्तनों का बड़ा यथार्थ अंकन है। वे 'परीक्षा गुरु' को 'यथार्थवादी उपन्यासों की नींव का पत्थर' और 'प्रेमचन्द के आदर्शोन्मुख यथार्थ की गंगा की गोमुखी' का महत्व प्रदान करते हैं। किन्तु इन सभी निकषों पर खरी उतरती अत्यन्त सशक्त रचना को अनदेखा कर जाते हैं। इसका कारण मुझे यही समझ आता है कि यह उपन्यास कौरवी जन-भाषा में अपने लोक का जो यथार्थ चित्रण प्रस्तुत करता है, डॉ. बच्चन सिंह उस क्षेत्र (सहारनपुर, मुजफ्फरनगर, मेरठ,—अब गाजियाबाद भी, बुलन्दशहर जनपद का कुछ भाग) के जन-जीवन से पूर्णतः परिचित नहीं रहे। उस क्षेत्र और भाषा से परिचय रखने वाले सहज ही यह देख सकते हैं कि 'देवरानी जेठानी', 'परीक्षा गुरु' से बहुत आगे की रचना है।

विधवा विवाह की ओर तो हिन्दी उपन्यास की दृष्टि काफी बाद में 'सेवा सदन' में जाती है किन्तु इस प्रथम उपन्यास में इस ओर भी ध्यान दिया गया है। छोटेलाल की बहू की मामा की बेटी का नौ वर्ष की आयु में विवाह हुआ और कुछ समय बाद ही उसका पति पतंग उड़ाते हुए छत से गिरकर प्राणघातक चोट खा जाता है। इस प्रकार मात्र 10 वर्ष की अवस्था में वह विधवा हो जाती है। वह 'सात फेरों की गुनहगार' अपने जीवन के सब रास-रंग खो बैठती है। जिसके अभी खेलने-खाने के दिन थे, उसे कठिन वैधव्य

भोगना पड़ता है। पुनर्विवाह उस समय समाज के श्रेष्ठ कहे जाने वाले वर्गों में नहीं था किन्तु उपन्यासकार इसे सर्वथा उपयुक्त और पूर्णतः निर्दोष मानता है, ''पत्थर तो हमारी जाति में पड़े हैं। मुसलमानों और साहब लोगों में दूसरा विवाह हो जाय है। और अब तो बंगालियों में भी होने लगा (बंगालियों में उपन्यासकार ने इसलिए कहा है क्योंकि उनमें विधवा की दशा और भी शोचनीय थी)। जाट, गूजर, नाई, धोबी, कहार, अहीर आदियों में तो दूसरे विवाह की कुछ रोक-टोक नहीं। आगे धर्मशास्त्र में भी लिखा है कि जिस स्त्री का उसके पति से संभाषण नहीं हुआ हो और विवाह के पीछे पति का देहान्त हो जाए, तो वहाँ पुनर्विवाह योग्य है। अर्थात् उस स्त्री का दूसरा विवाह कर देने से कुछ दोस नहीं।'' 1870 ई. के समय में विवाह के विषय में लेखक एक बहुत बड़ा क्रांतिकारी पग इस रूप में अपने उपन्यास में उठाता है।

'देवरानी जेठानी' उपन्यास अनेक सामाजिक कुरीतियों, बाह्याडम्बरों, धार्मिक अन्धविश्वास आदि पर भी करारी चोट करता है। आभूषण-प्रियता (जो बाद में 'गबन' उपन्यास का भी विषय है), विवाह में फिजूलखर्ची, स्याने-भगतों की झाड़ा-फूँकी आदि की भी यहाँ खूब खबर ली गयी है। मोहन के खो जाने पर लाला सर्वसुख द्वारा सब 'लड़की-बालों (बाल-बच्चों) के कड़े-बाली उतरवाने' को कह दिया जाता है। इसी प्रकार विवाह की फिजूलखर्ची पर उनका यह कथन द्रष्टव्य है, ''मनुष्य को चाहिए कि जितनी चादर देखे उतने पाँव पसारे। मुझे यह बात अच्छी नहीं लगती। जैसे और हमारे बनिये हाट-हवेली गिर्वी रखके वा दुकान में से हजार दो हजार रुपये जो बड़ी कठिनाई से पैदा किये हैं, विवाह में लगा कर बिगड़ जाते हैं।''

गाँवों और छोटे शहरों में किस प्रकार ननवा चमार जैसे लोग बच्चों को झाड़ा आदि दे कर गलत-सलत दवा देते थे, बच्चों की आँखें दुखने आने पर उस पर गृह-देवता का प्रकोप बताया जाता था, आदि सामाजिक कुरीतियों और अन्ध-विश्वासों की उपन्यासकार खबर ही नहीं लेता अपितु तत्कालीन वैद्यक के अनुसार उसके उपाय भी बताता है—आँखों के लिए रसौत की पोटली और एक आदर्श 'रगड़ा' (काजल) बताया जाता है। 'रगड़ा' (काजल) का एक नुस्खा द्रष्टव्य है, ''1 तोला जस्त, 1 तोला रसौत, 6 मासे फटकी, 2 तोले छोटी हड़ बाज़ार से मँगा के 10 तोले गौ के घी में एक सौ एक

बार धो कर उसमें रसौत और फटकी पीस के मिला दी और समूची हड़ों समेत काँसी की प्याली पर रगड़ लिया। नन्हे की आँखों को इसी से आराम हो गया।''

कहना न होगा कि इस प्रकार के रगड़े-काजल आज से दस-बीस बरस पहले खूब तैयार किये जाते थे और इनको तैयार करने वाली 'विशेषज्ञाएँ' प्रत्येक गाँव-शहर और रिश्तेदारी में होती थी।

अलग्योझे की समस्या भी भारतीय परिवारों की एक प्रमुख समस्या रही है, उपन्यास का अंत होते-होते इस समस्या से भी अत्यंत प्रामाणिक रूप में परिचित कराया जाता है। बड़े भाई द्वारा छोटे को हिस्सा न दिया जाना, कोर्ट-कचहरी की धमकी, पंचायतों के फैसले, आदि का यथातथ्य वर्णन उपन्यास में प्राप्त होता है। परिवार में वृद्ध आज भी समस्या के रूप में ही देखे जाते हैं किंतु छोटी बहू, देवरानी, अपनी शिक्षा के कारण ससुर की सेवा को ही तीर्थ समझती है, जेठानी ससुर को रात-दिन गालियाँ देती है। इस प्रकार यह उपन्यास हमारी तत्कालीन सामाजिक समस्याओं का चित्रण-भर करके ही नहीं रह जाता है अपितु उनका समाधान भी प्रस्तुत करता है। इस रूप में यहाँ यथार्थ और आदर्श का अत्यंत मनोहारी संयोजन हुआ है।

हिन्दी के इस प्रथम उपन्यास की एक बहुत बड़ी विशेषता यह है कि इसमें लोक-जीवन बड़े चटख रंगों में प्रस्तुत हुआ है। पुस्तक के प्रारम्भ में ही लेखक ने जो कहा है कि उसने यह ''दर्शा दिया है कि इस देश के बनिये जन्म-मरण विवाहादि में क्या-क्या करते हैं'', इस उद्देश्य की सम्पूर्ति में उसने जन्म, मरण, विवाह-गौना, आदि के समस्त लोकाचारों का रसपूर्ण चित्रण किया है। बच्चे के जन्म पर होने वाली छठी, दसूठन, चिट्ठी भेजने की रस्म, भात-न्यौतना, आदर्श भात, विवाह-लग्न, बारात, जेवनार, मरण में गोदान, दूकान 'पुन्न करके' पुरोहित को दान, पंचरत्न मुँह में डालना, विमान बनाना—आदि सभी लोकाचार अपने पूर्ण विवरणों में चित्रित किये गये हैं। भात का लोकाचार देखिये—''51 रुपये नकद, नथ, बिछुरा, छन, पछेली, सोने-मूँगे की माला, पायजेब, सोने की हैकल, सोने का बाजू पँचलड़ा, और नौ नगे पार्वती के सारे कुटुम्ब को कपड़े, 21 तीयल, भरी-भरी, ग्यारह बरतन, एक दोशाला और एक रूमाल आदि सबको दिखलाके पार्वती के ससुर के हवाले

किये।'' जब विवाह के वर्णन का अवसर आता है तो उपन्यासकार मँढा, फेरे, जीमने का वर्णन, गाड़ीवानों का दाने-भूसे पर तकरार, फेरों के बाद के लोकाचार, 'छन' (छंद) कहना, खोड़िआ, आदि का सजीव अंकन करता है। आश्चर्य होता है हिंदी के प्रथम उपन्यासकार के इस कौशल पर कि उसने अपने इस उपन्यास के संक्षिप्त कलेवर में किस प्रकार इतने सूक्ष्म विवरणों के विस्तार को समेटा है—क्या कहना है, क्या छोड़ना है, इसकी बड़ी भारी परख पं. गौरीदत्त को रही है। अपनी कथा के एकायामी चरित्र—नारी-शिक्षा को उसने किस कुशलता से बहुआयामी सन्दर्भ दिये हैं कि एक समाज की बहुत मुकम्मिल तस्वीर पाठक के सामने उपस्थित हो जाती है।

डॉ. गोपाल राय ने उपन्यास की इकहरी कथा (एकायामी चरित्र) को एक दोष बताते हुए उसमें कुछ ऐसे तत्त्व पाने की अभीप्सा की है जो तत्कालीन उपन्यास के विधागत चरित्र में प्राप्त नहीं होते।[2] वे सब गुण—विशिष्टताएँ जो उन्होंने इस कृति में देखनी चाही हैं, बाद के उपन्यास के विकसित स्वरूप के आधार पर नियोजित लक्षण हैं। आज उपन्यास विधा जितनी विकसित हो गयी है, उसके आधार पर डॉ. गोपालराय के द्वारा उपन्यास की गिनायी गयी विशिष्टताएँ भी अपर्याप्त ही रह जाएँगी। इसलिए प्रथम उपन्यास से ये सब अपेक्षाएँ उचित नहीं कही जा सकतीं। इसकी कथावस्तु को इकहरी के साथ-साथ 'वैशिष्ट्य रहित' कहना कृति के साथ अन्याय होगा। इस उपन्यास के सामाजिक सरोकार और यथार्थ का गहरा रंग इसे एक सफल उपन्यास और हिन्दी के प्रथम उपन्यास के रूप में प्रतिष्ठित करते हैं।

लोक-जीवन के चटख रंगों की यह बात अपूर्ण ही रह जाएगी, यदि यहाँ उन चिट्ठियों का जिक्र नहीं किया जाता जो 'देवरानी जेठानी' उपन्यास में दी गयी हैं। उस समय चिट्ठी लिखने की खास 'रीति' होती थी जो स्कूलों-मदरसों में से होती हुई समाज के प्राय: सभी वर्गों में प्रचलित थी। उनका प्रारम्भ यूँ होता था, ''स्वस्ति श्री सर्वोपमायोग्य बीबी सुखदेई जी के यहाँ से आनन्दी की राम-राम बांचना। समाचार लिखे सो जाने।'' चिट्ठी के अन्त में ''थोड़े लिखे को बहुत जानना। चिट्ठी लिखी मिति मार्गसिर वदी 20 सम्वत् 1925।'' अँग्रेजी तालीम याफ़्ता तहसीलदार साहब भी अपनी बेटी को इसी

प्रकार पत्र लिखते हैं ''स्वस्ति श्री सर्वोपमायोग्य बीबी आनन्दी जी के यहाँ से रामप्रसाद आदि समस्त बाल-गोपाल की राम-राम बांचना। यहाँ कुशल-क्षेम है तुम्हारी कुशल चाहते हैं।............ (अन्त में) चिट्ठी लिखी मिति पौष शुदि 6 सम्वत् 1925।''[3]

प्रस्तुत उपन्यास की भाषा-समृद्धि की ओर पहले संकेत किया जा चुका है। वस्तुतः भाषा की दृष्टि से इस उपन्यास का विशिष्ट महत्व है। कथा-विधा के मिजाज से सर्वथा मेल खाती यह भाषा आज भी कथा-कर्म में प्रवृत्त लोगों के लिए दिशा-बोधक सिद्ध हो सकती है। इसमें जो जीवनगन्धी स्पर्श प्राप्त होता है, बिना किसी अतिरिक्त प्रयास के, वह एक उपलब्धि है, वह हमें एक साथ ही प्रेमचन्द और रेणु की स्मृति कराता है। प्रारम्भ में 'देवरानी-जेठानी' से कुछ अत्यन्त अर्थ-गर्भित शब्द-युग्मों के उदाहरण दिये जा चुके हैं। सामान्य बोलचाल की भाषा के ये ऐसे प्रयोग हैं जिन्हें यदि आज भी परिनिष्ठित हिन्दी या कहें मानक हिन्दी में प्रयुक्त किया जाये तो उसकी शब्द-सम्पदा में अपूर्व श्री-वृद्धि हो सकती है। संपूर्ण उपन्यास ऐसे प्रयोगों से भरा पड़ा है, कुछ उदाहरण द्रष्टव्य हैं—बगड़-पड़ौसन, लगावा-बझावा, चौका-बासन, वैर-विषवाद, बोली-ठोली, धी-ध्याने, गहने-पाते, चर्खा-पूनी, कोस-कटाई (गाली-गुफ्तार, झगड़ा) लौंडी-लारों, तिथी-पर्वी, लड़की-बालों, हाट-हवेली, चना-चबेना, लहना-सहना (फले-फूले) आदि। कुछ ऐसे शब्द उपन्यासकार ने प्रयुक्त किये हैं जिनके लिए आज भी हम विदेशी शब्दों का मुँह जोहते हैं। बच्चे की देखभाल और खिलाने के लिए जो नौकरानी रखी गयी है उसको लेखक 'आया', 'धाय', 'माई', नहीं कहता 'टहलवी' कहता है—जो 'टहल उठाये-सेवा करे', वह 'टहलवी।' इसके समतुल्य इससे बेहतर शब्द आज भी हमारे पास नहीं हैं। तुलसीदास जिन खलों के लिए 'जे बिनु काजु दाहिने बायें' का प्रयोग करते हैं, उन्हें उपन्यासकार 'लगावा-बझावा' कहता है। मौखिक संदेश के लिए यहाँ 'कहावत' प्रयुक्त किया गया है, कितना सार्थक और सटीक!! जन-भाषा की मुहावरेदानी और अर्थ-गर्भित लोकोक्तियों का प्रयोग भी उपन्यास की भाषा को एक मोहक समृद्धि प्रदान किये हुए है 'अपना मरण जगत की हाँसी', 'घर तीन-तेरह कर दिया', 'जब अपना ही पैसा खोटा हो परखने वाले का क्या दोष है ?' जगत तो आरसी है जैसा लोग

देखेंगे वैसा कहेंगे।'' इनके अतिरिक्त लोक-भाषा के कुछ ऐसे विशिष्ट प्रयोग हुए हैं जो अत्यन्त प्रभावी और अर्थ-सक्षम हैं—''लड़की के बाप के घर में पहिले ही कुछ नहीं था। विवाह ही में उघड़ गया'', ''लौंडियों को देख हरी हो जा है'', ''मोहन घर नहीं आया तो वहाँ 'तलाबेली' पड़ी'' ('तलाबेली' शब्द में चिन्ता, प्रयत्न, आकुलता-व्याकुलता, हफड़ा-तफड़ी, कितने सारे 'शेड्स' एक साथ उपस्थित हैं)। इस पुस्तक के सम्पादन में कुछ शब्दों को सही रूप में न समझकर उनका 'शुद्धिकरण' भी कर दिया गया है जिससे वे अस्वाभाविक बन गये हैं, यथा मूल मुहावरा है—'लल्लो-चप्पो करना', उसे यहाँ 'लल्लो-पत्तो' कर दिया गया है। वस्तुतः ये सब कौरवी जन-भाषा के विशिष्ट प्रयोग हैं। कुछ शब्द यहाँ ऐसे आये हैं जो कुछ समय बाद 'कौरवी' क्षेत्र के लोगों के लिए पूर्णतः अपरिचित ही हो जाएँगे। बहू को गौने आदि पर लेने जाने के लिए बैलगाड़ियों के जो विशिष्ट सजे-धजे रूप होते थे या लड़की को लेने के लिए जो बैल-ताँगे जाते थे उनके विशिष्ट नाम थे। उपन्यास में ऐसे दो शब्द आये हैं—'उसका भाई मँझोली लेके विदा कराने को आया'—यह बैल-गाड़ी और बैल-तांगे के मध्य की (आकार में) चीज़ थी, इसलिए इसे 'मंझोली' कहा जाता था। ''लाला बंसीधर से कह देना कि माघ के महीने में लौंडिया को लेने 'बहल' आवेगी। ऐसा न हो कि उल्टी फिरी आवे।'' अब तो इस क्षेत्र में भी न मँझोली रही, न 'बहल', न रथ, न रब्बा—बैल ही अब तो कुछ घरों की शोभा मात्र रह गये हैं या कहें, दिखायी देने ही बन्द हो गये हैं। उपन्यास में कई जगह एक अत्यन्त अर्थ-सक्षम शब्द 'माँदी' का प्रयोग हुआ है, यथा—''तुम्हारी छोटी बहिन भगवान देई एक महीने से माँदी है.......'' लम्बी बीमारी के लिए प्रायः ही इस शब्द का प्रयोग हुआ करता था किन्तु अब मेरठ क्षेत्र में भी यह शब्द पुरानी पीढ़ी के साथ-साथ विलुप्तप्राय है।

इस प्रकार कथ्य और अभिव्यक्ति दोनों दृष्टियों से 'देवरानी जेठानी की कहानी' हिन्दी की प्रथम गौरवपूर्ण औपन्यासिक कृति मात्र ही नहीं है, वह हिन्दी उपन्यास के इतिहास में अपना पुनर्मूल्यांकन भी माँगती है।

प्रस्तुत संस्करण

1966 ई. में डॉ. गोपाल राय ने ग्रन्थ निकेतन पटना से 'देवरानी जेठानी' का प्रथम संस्करण प्रकाशित कराया जो राष्ट्रीय ग्रन्थाकार (नेशनल लाइब्रेरी) में सुरक्षित प्रति (ग्रन्थ सं. H, 891.433 G 467d) के आधार पर है—यह प्रामाणिक पाठ है, क्योंकि इसे असम्पादित रूप में यथावत् प्रकाशित कराना ही डॉ. राय का उद्देश्य था। वे इसका सम्पादन नहीं 'पुनःमुद्रण' ही चाहते थे। किन्तु उन्होंने इसकी प्रतिलिपि श्री नरोत्तम पाण्डेय से करायी—मुझे लगता है कि मेरठ की कौरवी भाषा के संस्कार से श्री नरोत्तम पाण्डेय परिचित नहीं थे। अतः कुछ शब्द मूल से अलग लगते हैं। (मूल प्रति मुझे भी उपलब्ध नहीं हो पायी है)। मैंने प्रयास किया है कि कौरवी में प्रचलित शब्दों को लिखकर 'पाठ-भेद' में उसका स्पष्टीकरण कर दिया जाए।

1986 ई. में ऋषभचरण जैन एवं सन्तति, नई दिल्ली ने 'देवरानी जेठानी' का प्रथम संस्करण श्री दिग्दर्शनचरण जैन के सम्पादन में प्रकाशित किया। अब तो यह प्रकाशन बन्द हो चुका है किन्तु प्रायः दस वर्ष पूर्व मैं इस कृति को प्राप्त करने के लिए दरियागंज में इनके पास गया। ऋषभ जी काफी वृद्ध हो चुके थे, जून की गर्मी में उन्होंने मेज पर स्टूल रखकर ऊपर से कहीं से एक जर्जर-सी प्रति मुझे अन्तिम प्रति के रूप में दी। तब से यह प्राप्य नहीं है, बाद में शायद साहित्य सम्मेलन, इलाहाबाद ने भी इसका संस्करण प्रकाशित कराया जो मैं देख नहीं पाया हूँ। ऋषभचरण जैन एवं सन्तति के इस प्रकाशन में अभी दो बड़े अभाव रह गये—

—प्रथम कौरवी जन-भाषा के सही रूप से परिचित न होने के कारण उन्होंने कुछ शब्दों का 'शुद्धिकरण' कर दिया। इस क्रम में कुछ शब्दों की आत्मा ही मर गयी और कुछ (प्रयोग की दृष्टि से) बिल्कुल ही अशुद्ध रूप

में आ गए, यथा—'कूकड़ियाँ' (मकी के भुट्टे) को 'कुकड़ियाँ', 'गौनयायी' को 'गौने आयी', 'निगोड़ी' को 'निगोती', 'छटाँक' को 'छटाक', 'पकड़ी' को 'पकली' को, आदि लिख दिया गया है। ऐसे सब प्रयोगों को कृति के अन्त में 'सन्दर्भ' के अन्तर्गत 'पाठ-भेद' दर्शा कर इस संस्करण का पाठ भी दे दिया गया है।

—दूसरे ऋषभचरण जैन के संस्करण में इस 'शुद्धिकरण' के प्रयत्न में ही कृति का एक बड़ा अहित हो गया, सम्पादक ने 'सम्पादकीय' शीर्षक भूमिका में लिखा है "जब इतना परिवर्तन मूल पाठ में अनिवार्य हो गया तो वर्त्तनी का शुद्धतर रूप ग्रहण करते हुए 'गई' को 'गयी', 'इसलिये' को 'इसलिए', 'पुन्य' को 'पुण्य', 'आई गई' को 'आयी गयी', 'आए गए' को 'आये गये' 'नौमी' को 'नवमी', 'संतुल्य' को 'समतुल्य', 'मर्ती' को 'मरती', 'तर्फ' को 'तरफ' कर दिया है। द्विरुक्तियों के स्थान पर '2' अंक जहाँ जहाँ आया था, सर्वत्र शब्द ही दुहराया गया है।" कहना न होगा कि मूल-पाठ के साथ यह छेड़-छाड़ कृति की प्रामाणिकता को तो ठेस पहुँचाती ही है, कहीं-कहीं उसकी आत्मा भी कराह उठती है, यथा 'नौमी' को आज भी कौरवी जन-भाषा में 'नौमी' ही कहा जाता है—'नवमी' नहीं। इसलिए हमनें इन्हें यथावत् कौरवी रूप में ही देने की चेष्टा की है। मूल उपन्यास में आज की दृष्टि से दो बड़े भारी अभाव रहे हैं, प्रथम पूरी कथा आद्योपान्त एक ही अनुच्छेद में है और दूसरे उसमें कहीं भी विराम चिह्नों का प्रयोग नहीं है। ऋषभचरण जैन के संस्करण में (,), (।)(-) और (' ') आदि विराम चिह्न लगा दिये गए हैं और प्रसंगत: कथा को अनुच्छेदों में भी व्यवस्थित कर दिया गया है। साथ ही सर्वत्र अनुनासिक और अनुस्वार के लिए चन्द्रबिन्दु का ही प्रयोग मूल पाठ में है। आधुनिक मुद्रण की असुविधा का ध्यान रखते हुए ऋषभचरण जैन संस्करण में 'सभी स्थलों पर अनुस्वार का ही प्रयोग किया गया है।" पुस्तक आज के और भावी पाठकों को भी सुग्राह्य हो सके इसलिए हमने ऋषभचरण जैन संस्करण के पाठ को ही आधार बनाया है।

मेरठ का जन-समाज भी उत्तर आधुनिक समय में बहुत तेजी से अपनी जीवन-प्रणाली और बोली-बानी में बदल रहा है। इस परिवर्तन की साक्षी

मेरी पीढ़ी भी उतार की ओर है जिसने न केवल अपने जीवन काल को अपितु परम्परा में प्राप्त अनेक संस्कारों, लोक-रीतियों को, अपने से पहले की पीढ़ियों का समय-समाज, अपने बचपन में एक रिक्थ के रूप में देखा-पाया था। चिट्ठी लिखने की पारम्परिक प्रविधि, भात-छूछक के नेग-व्यौहार, चलन, विवाह की मिठाइयों का 'सतपकवानी', पाँच मिठाइयों का स्वरूप, तीयल, भरी तीयलों के चलन, वाहनों-रथों, रब्बे, मँझोलों (बैल) ताँगों की बारातों के ठसके, पाँच जोड़े कपड़े, कमीनों के कपड़े, दुखती आँखों के लिए रगड़े (काजल) बनाने की विलुप्त प्रविधियों, आदि से भावी पीढ़ी पूरी प्रामाणिकता में परिचित हो सके—उपन्यास को पढ़ते हुए उस पूरे रिक्थ से गौरवपूर्ण रूप में जुड़ सके, इसी दृष्टि से इस संस्करण का सम्पादन किया गया है। मेरठ जनपद (ग्राम-भदस्याना, वर्तमान में गाज़ियाबाद जनपद में, पूरी हापुड़ तहसील ही अब गाज़ियाबाद जनपद में आ गयी है) में! जन्म होने के कारण मुझे यह अपना आलोचकीय दायित्व लगा कि मैं इस कृति का सम्पादन करूँ। मैं अपने उद्देश्य में कितना सफल हो सका हूँ, इसके निर्णायक तो विद्वज्जन हैं।

—पुष्पपाल सिंह

---

1. द्र. 'देवरानी जेठानी की कहानी' पुरोवचन, संपा. डॉ. गोपाल राय, ग्रंथ निकेतन, पटना, 1966 ई.
2. डॉ. गोपाल राय ने इसकी इकहरी कथावस्तु को उपन्यास के अभाव रूप में देखा है, "इसका यह अर्थ नहीं कि 'देवरानी जेठानी की कहानी' एक सर्वथा निर्दोष उपन्यास है। इसमें उस जटिल वस्तु विन्यास, नाटकीय शिल्प और मनोवैज्ञानिक तथा विश्वासोत्पादक चरित्र-चित्रण का अभाव है जो उपन्यास के लिए आवश्यक माना जाता है। इसकी कथावस्तु इकहरी, सरल और वैशिष्ट्य रहित है।"—'पुरोवचन'—'देवरानी जेठानी की कहानी'
3. चिट्ठी लिखने की लगभग यही 'रीत' अल्पशिक्षित परिवारों में बहुत बाद तक, अबसे प्रायः 40-45 वर्ष पूर्व तक इसी रूप में रही—थोड़ा बहुत परिवर्तन मात्र इस रूप में आया था "अत्र कुशलम् तत्रास्तु! हम सब यहाँ राजी-खुशी हैं, आपकी राजी-खुशी श्री भगवान से नेक चाहते हैं।" "थोड़े लिखे को बहुत समझना" की रस-रीति का यह वाक्य तो खूब प्रचलित रहा।

सन् 1870 ई. में छपी पुस्तक के आवरण-पृष्ठ की सामग्री

देवरानी जेठानी की कहानी
एक वृद्ध और लिखी-पढ़ी स्त्री की
सम्मति से
पण्डित गौरीदत्त ने बनाई

श्रीयुत एम. केमसन साहिब बहादुर
डैरेक्टर आफ पब्लिक इन्स्ट्रक्शन के द्वारा
श्री मन्महाराजाधिराज पश्चिम देशाधिकारी
श्रीयुत लेफ्टिनेन्ट गवर्नर बहादुर के यहाँ से
100 रुपये इनाम मिले

मेरठ

छापेखाने ज़ियाई में छापी गई
सन् 1870

1st edition 500 Copies
Price per copy 12 as.

पहली बार 500 पुस्तक
मोल एक पुस्तक ।।।)

(डॉ. गोपाल राय के संस्करण से)

प्रथम संस्करण की भूमिका

स्त्रियों को पढ़ने-पढ़ाने के लिए जितनी पुस्तकें लिखी गयी हैं सब अपने-अपने ढंग और रीति से अच्छी हैं, परन्तु मैंने इस कहानी को नये रंग-ढंग से लिखा है। मुझको निश्चय है कि दोनों, स्त्री-पुरुष इसको पढ़कर अति प्रसन्न होंगे और बहुत लाभ उठायेंगे।

जब मुझको यह निश्चय हुआ कि स्त्री, स्त्रियों की बोली, और पुरुष, पुरुषों की—पसन्द करते हैं जो कोई स्त्री पुरुषों की बोली, वा पुरुष स्त्रियों की बोली बोलता है उसको नाम धरते हैं। इस कारण मैंने इस पुस्तक में स्त्रियों ही की बोल-चाल और वही शब्द जहाँ जैसा आशय है, लिखे हैं और यह वह बोली है जो इस जिले के बनियों के कुटुम्ब में स्त्री-पुरुष वा लड़के-बाले बोलते-चालते हैं। संस्कृत के बहुत शब्द और पुस्तकों—जैसे इसलिए नहीं लिखे कि न कोई चित से पढ़ता है, और न सुनता है।

इस पुस्तक में यह भी दर्शा दिया है कि इस देश के बनिये जन्म-मरण विवाहादि में क्या-क्या करते हैं, पढ़ी और बेपढ़ी स्त्रियों में क्या-क्या अन्तर है, बालकों का पालन और पोषण किस प्रकार होता है, और किस प्रकार होना चाहिए, स्त्रियों का समय किस-किस काम में व्यतीत होता है, और क्यों कर होना उचित है। बेपढ़ी स्त्री जब एक काम को करती है, उसमें क्या-क्या हानि होती है। पढ़ी हुई जब उसी काम को करती है उससे क्या-क्या लाभ होता है। स्त्रियों की वह बातें जो आजतक नहीं लिखी गयीं मैंने खोज कर सब लिख दी हैं और इस पुस्तक में ठीक-ठीक वही लिखा है जैसा आजकल बनियों के घरों में हो रहा है। बाल बराबर भी अंतर नहीं है।

प्रकट हो कि यह रोचक और मनोहर कहानी श्रीयुत एम. केमसन साहिब, डैरेक्टर आफ पब्लिक इन्स्ट्रक्शन बहादुर को ऐसी पसन्द आयी, मन को भायी और चित्त को लुभायी कि शुद्ध करके इसके छपने की आज्ञा दी और दो सौ पुस्तक मोल लीं और श्रीमन्महाराजाधिराज पश्चिम देशाधिकारी श्रीयुत लेफ़्टिनेण्ट गवर्नर बहादुर के यहाँ से चिट्‌ठी नम्बर 2672 लिखी हुई 24 जून सन् 1870 के अनुसार, इस पुस्तक के कर्त्ता पंडित गौरीदत्त को 100 रुपये इनाम मिले।

दया उनकी मुझ पर अधिक वित्त से
जो मेरी कहानी पढ़ें चित्त से।
रही भूल मुझसे जो इसमें कहीं,
बना अपनी पुस्तक में लेबें वहीं।
दया से, कृपा से, क्षमा रीति से,
छिपावें बुरों को भले, प्रीति से॥

—गौरीदत्त शर्मा

देवरानी जेठानी की कहानी

मेरठ में सर्वसुख नाम का एक अग्रवाला बनिया था। मंडी में आड़त की दूकान थी। आसपास के गाँवों से लोग सौदा लाते। इसकी दुकान पर बेच जाते। पैसा-रुपया तुलाई[1] का इसके हाथ भी लग जाता। और कभी भाव चढ़ा देखता तो हजार का नाज-पात[2] लेकर दूकान में डाल देता और फ़ायदा देख उसे बेच डालता। ब्याज-बट्टे और गिर्वी-पाते की भी उसे बहुतेरी आमदनी थी। हाट-हवेली, धन-दौलत, दूध-पूत परमेश्वर का दिया उसके सबकुछ था। और यह इसने अपने ही पुरुषार्थ से किया था।

माँ-बाप तो पिछले हैजे में पाँच वर्ष का छोड़कर मर गये थे। चाचा ने पाला था। थोड़े ही दिन हुए होंगे जब तो कूकड़ियाँ बेचा करे था। चना-चबेना करता। खाँचा सिर पै लिये गलियों में फिरा करे था।

फिर इसने परचून की दूकान कर ली। मुंशी टिकत नारायण और हरसहाय काबली शहर के अमीरों की इसके यहाँ उचापत[3] उठने लगी। इसमें परमेश्वर ने ऐसी की सुनी कि आड़त की दूकान हो गई। जहाँ-तहाँ से माल आने लगा। बढ़ी इज्जत बढ़ गई। लोग पचास हज़ार रुपये का भरम[4] करने लगे। सच्च है जिसे परमेश्वर देता है छप्पर फाड़ के ऐसे ही देता है।

बड़ा भला मानस था। अड़ौसी-पड़ौसी सब इस्से राजी थे। पुन्न-दान[5] में बहुत तो नहीं, परंतु छठे-छमाहे कुछ-न-कुछ करता रहे था।

बड़ी अवस्था में आप ही अपना बिवाह किया था। पहिले दो लड़कियाँ हुईं, बड़ी का नाम पार्वती, छोटी का प्यार का नाम सुखदेई रक्खा। फिर ईश्वर ने उपरातली[6] दो लड़के दिये। बड़े का नाम दौलत राम छोटे का नाम छोटे-छोटे पुकारने लगे। इन सब बहिन-भाइयों की कोई दो-दो तीन-तीन वर्ष की छुटाई-बड़ाई होगी। बड़ी लड़की दिल्ली बिआही[7] गयी। छोटी लड़की की मंगनी बंशीधर कबाड़ी के यहाँ हापुड़ हुई।

एक दिन रात को अपने घर में कहने लगा कि सुखदेई की माँ[8], लाला बुलाकी दास हमारी बिरादरी जो मदर्से में नौकर है यों कहते थे कि अपने छोटे बेटे को तुम अंग्रेजी पढ़ाओ। इसमें तेरी क्या सलाह है ? और दौलत राम को तो मैं अपने कार में गेरूँगा[9]।

उसने कहा अच्छा तो है। सारे दिन गलियों में कूदता फिरे[10] है। परसों किसी लौंडे के कुछ मार आया था। उसकी माँ लड़ती हुई यहाँ आई। और मैं तुमसे कहना भूल गई। आज चौथा दिन है कि दिल्ला पाँडे हमारे पुरोहित की बहू मिसरानी आई थी और कहे थी कि सुखदेई को मेरे साथ नागरी पढ़ने भेज दिया करो और भी मुहल्ले की पाँच-सात लौंडियें उसके घर जाया करे हैं। और वह सीना-पिरोना भी सिखलाया करे है। और वह बड़ी-बड़ी बात कहै थी कि जब सुखदेई पढ़ जायगी चिट्ठी-पत्री लिखनी आ जायगी। घर का हिसाब लिख लिया करेगी। और उसके घर कभी-कभी एक मेम आया करे है। लौंडियों[11] को देख हरी हो जा है[12] और उनका पढ़ना सुनकर किसी को छल्ला और किसी को अंगूठी दे जा है।

सो छोटेलाल तो मदर्से में बिठाये गये। दौलत राम लाला के साथ दूकान जाने लगे। और सुखदेई मिसरानी से नागरी पढ़ने लगी।

एक दिन कोई चार घड़ी दिन होगा। छोटे लाल बाहर खेल रहा था। घर में भाग गया और कहने लगा कि माँ लाला आवे हैं।

यह अपने मन में डर गई। और कहने लगी कि आज दिन से क्यों आये।[13]

इतने में वह भी आन पहुँचे और खाट पर बैठ गये। इसने छोटे लाल को पंखा दिया और कहा लाला को हवा कर।

यह बोले सुखदेई की माँ, ले बोल क्या करें ? जहाँ दौलत राम को टेवा[14] गया था, तनी गाँठ[15] करने को नाई आया है। और झल्लामल जो कल खुरजे से आये थे यों कहें थे कि लड़की का बाप डूँगर बिचारा गरीब बनियाँ है। सरा[16] के नुक्कड़ पर परचून की दूकान खोल रक्खी है। पर लड़की की माँ बड़ी लड़ाका है। तुम्हारे समधी के पास ही हमारा घर है। और छोटेलाल की पीठ ठोक कर कहने लगा कि भाई छोटे लाल हमारा नसीबेवर है। गुड़गाँवें के तहसीलदार ने इसका टेवा माँगा है। अभी तो रास्ते में लाला दीनदयाल, किरपी के ताऊ, गाड़ी

में बैठे आवे थे। मुझे पुकार कर कहने लगे कि मैं मामाजी से मिलने गुड़गाँवे गया था सो वह पूछें थे कि सर्बसुख आड़ती का छोटा बेटा क्या किया करे है ? मैंने कहा साहब, मदर्से में अंग्रेजी पढ़े है और होशियार है। सो उन्होंने उसका टेवा माँगा है। तुम मुझे दे देना, मैं भेज दूँगा। लाला साहब, लड़की बड़ी सुघड़ है। वह अपनी लड़की को आप नागरी पढ़ाया करे हैं।

सुखदेई की माँ बोली कि तुम दौलत रात की सगाई रख लो। आई हुई लक्ष्मी घर से कोई नहीं फेरता[17]। और रुपया-पैसा हाथ-पैरों का मैल[18] है। आगे लौंडिया लौंडे का भाग है।

सो नाई तनी गाँठ करके चला गया। और उसी साल में विवाह की चिट्ठी ले के आया। इन्होंने कहला भेजा कि अब के वर्ष तो हमारी लड़की विवाह की ठहर गयी है। अगले वर्ष विवाह रख लेंगे।

छोटेलाल की पत्री गुड़गाँवे मिल ही गयी थी। लाला दीन दयाल के मारफत वहाँ से कहलावत[19] आई कि सर्वसुख जी से कहना कि मरती जीती दुनिया है। आगे मैं सरकारी नौकर हूँ। आज यहाँ, कल जाने कहाँ को बदली हो जाय। सो लड़की का विवाह हम इसी साल में करेंगे।

इन्होंने यहाँ से कहला भेजा कि हमारी इज्जत उनके हाथ है। अभी तो दो विवाहों से निपटे हैं और इस साल में न केवल सूझता भी नहीं है। अगले साल जैसा मुन्शी जी कहेंगे वैसा करेंगे।

अगले साल बिवाह की तयारी हो गई। और बड़ी धूम-धाम से लाला जी बेटे का बिवाह कर लाये। दोनों तर्फ़[20] की वाह-वाह रही। जब बहु घर आयी बगड़-पड़ौसन[21] सब इखट्ठी हो गयी और सुखदेई की माँ से कहने लगीं ले बहिन, बहुड़िया तो भली-सुन्दर है। तेरी बड़ी बहु का रंग तो साँवला है।

जो कोई बड़ी-बूढ़ी आती है बहु कहती पाँव पड़ूँ[22] जी।

वह कहती बहुत शीली सपूती हो। बूढ़ सुहागन[23] रह।

जब कोई इसके बाप के घर की बात पूछती, वह ऐसी मीठी बातों से जवाब देती कि सब प्रसन्न हो जाती। बिना बातों नहीं बोलती, चुपकी बैठी रहती। वा जब अवसर पाती, अपनी पोथी ले बैठती। मुहल्ले और बिरादरी की बैअर-बानियों[24] में धूम पड़ गई कि फलाने की बहु बड़ी चतुर है। कोई कहती

बड़े घर की बेटी है। इसका बाप तहसीलदार है। अंग्रेजी पढ़ा हुआ है। अपनी बेटी को आप पढ़ाया है।

कोई कहती जी इसके साथ जो नायन है, वह कहे थी, इसपै सीना-पिरोना भी आवे है और भली अच्छी फुलकारी भी काढ़े है।

सुखदेई का अभी गौना नहीं हुआ था। बाप ही के घर थी। ननद-भावजों का बड़ा प्यार हो गया। दोनों पढ़ी-पढ़ी[25] मिल गयीं।

सुखदेई इतनी पढ़ी हुई न थी। परन्तु चिट्ठी-पत्री तो अच्छी तरह से लिख लिया करे थी। इसने अपनी सब पढ़ी हुई भनेलियों[26] को बुलाया और उनका लिखना-पढ़ना अपनी भावज को दिखलाया।

जब दौलतराम बिवाह के लाये थे तो पट्टा फेर[27] करते लाये थे। इसका कारण यह था कि लड़की के बाप घर के घर में पहिले ही कुछ नहीं था। विवाह ही में उघड़[28] गया। गौना क्या करेगा ? सो तबसे दौलत राम की बहु ज्ञानो ससुराल ही में थी। जब कोई बैअर-बानी बाहर की आती, न तो बैठने को पीढ़ा देती और न उसकी बात पूछती। और जो कुछ कहती भी, तो ऐसी बोलती जैसे कोई लड़े है।

सास से तो रात दिन खटपट[29] रक्खे थी। और जब कोई देवरानी को इसके सामने सराहती तो कहती हाँ जी, वह तो अमीर की बेटी है। मैं तो गरीब बनिये की बेटी हूँ। मुँह से कुछ नहीं कहती पर देवरानी को देख-देख फुँकी[30] जाती। और जभी से[31] छोटी ननद से भी जलने लगी। बड़ी ननद पारबती से बड़ा प्यार था। (और वह विवाह में बुलाई हुई आयी थी।) और प्यार होने का कारण यह था कि वह भी लगावा-बझावा[32] थी। उधर की इधर और इधर की उधर।

अब बहु को आये आठ-दस दिन हुए होंगे कि उसका भाई रामप्रसाद मझोली[33] लेके विदा कराने को आया। लाला सर्वसुख जी ने भी जैसे बनियों में रस्म होती है, दे-ले कर बहु को बिदा कर दिया। और बहु के भाई से चलते-चलते यह कह दिया कि भाई, पहुँचते ही राजी-खुशी की चिट्ठी लिख भेजना।

जब सुखदेई के विवाह को तीन वर्ष हो चुके, हापुड़ से गौने[34] की चिट्ठी आयी। लाला ने घर में आके सलाह की।

सुखदेई की माँ ने कहा मैं तो पाँचवें वर्ष करूँगी।

लाला ने समझा दिया कि जिस काम से निबटे, उससे निबटे। यह काम भी तो करना ही है और यह भी कहा है कि धी-बेटी[35] अपने घर ही रहना अच्छा है।

अर्थात सुखदेई भी अपने घर गई। और वहाँ अपने कुनबे की लौंडियों को नागरी पढ़ाने लगी।

लाला सर्वसुख का माल रेल पै लदने जाया करे था। वहाँ के बाबू से इसकी जान-पहिचान हो गई थी।

एक दिन कहने लगा कि बाबू जी हमारा छोटा लड़का मदर्से में अंग्रेजी पढ़ने जाया करे है। वह कहे था जो तुम कहो तो तुम्हारे पास काम सीखने आ-जाया करे।

बाबू ने कहा कल तुम उसे हमारे पास दफ्तर में भेजना।

छोटे लाल अगले दिन वहाँ गया। बाबू को अपना लिखना दिखलाया। उसकी पसंद आया। इससे कहा तुम रोज-रोज आया करो।

यह जाने लगा। थोड़े दिन पीछे उसी दफ्तर में पंदरह रुपये महीने का नौकर[36] भी हो गया।

इसे नौकर हुए कोई एक वर्ष बीता होगा कि बाबू की बदली अम्बाले की हो गयी। यह बाबू का काम किया ही करे था। और साहब भी रोज देखा करे था। बाबू की जगह इसे कर[37] दिया, और यह कह दिया कि अब तो तुमको चालीस रुपये महीना मिलेगा, फिर काम देख के साठ रुपये महीना कर देंगे।

जब छोटे लाल पंदरह ही रुपये का नौकर था कि इसके लाला गौना कर लाये थे। और अब गौने आयी[38] अपने घर ही थी। छोटे लाल इस बात से अपने मन में बड़ा मगन था कि मेरी बहु पढ़ी हुई है। और बड़ी चतुर है।

इधर इसकी घरवाली इससे खूब[39] राजी थी। और यह बात परमेश्वर की दया से होती है कि दोनों स्त्री-पुरुष के चित्त इस तरह से मिल जायें। यह कुछ अचंभे की बात भी नहीं है। दिल तो वहाँ नहीं मिलता जहाँ मर्द पढ़ा हो, और स्त्री बेपढ़ी। जब यह दोनों मिलते, एक-दूसरे को देख बड़े प्रसन्न होते। इधर वह उसके मन की बात पूछती और अपनी कहती। इधर उसकू इस बात का बड़ा ही ध्यान रहता कि कोई बात ऐसी न हो कि जिससे इसका मन दुखे। उसकी बेसलाह कोई काम न करता। उसके लिए एक नागरी का अखबार लिया। रात को उर्दू

और अंग्रेजी अखबारों की खबरें उसे सुनाता और जब आप थक जाता उससे कहता लो अब तुम हमें अपने अखबार की खबरें सुनाओ। इस बात से इसको बड़ा ही आनन्द होता।

उनका घर तो ऐसा ही था जैसा और बनियों का हुआ करता है[40]। पर इसने अपना चौबारा सोने और उठने-बैठने को सजा रक्खा था। चादर लग रही थी। कलई की जगह नीला रंग फिरवा रक्खा था। बोरियों के फर्श पर दरी बिछा रक्खी थी। तसबीर और फानूस भी लग रहे थे। दो कुर्सी बड़ी और दो कुर्सी छोटी जिनको आरामकुर्सी कहते हैं, एक तर्फ पड़ी हुई थीं। किताबों की एक आलमारी मेज के पास लगी हुई थी। दो पलंगों पर रेशम की डोरियों से चिही चादर खिंची हुई थी। अपना सादा कमरा अच्छा बना रक्खा था।

जो कोई बाहर की लुगाई आती, छोटेलाल की बहु अपना चौबारा दिखाने ले जाती। एक दिन अपनी जेठानी से बोली कि आओ जी, तुम भी आओ।

उसने कहा अब ले मैं ना आती।

और लुगाइयों ने कहा निगोड़ी[41] अपने देवर का चौबारा देख ले ना।

शर्मा-शर्मी उठी चली गयी। और चौबारे को देख अक्क-धक्क रह गयी।

इसकी अटारी में दो पुरानी-धुरानी खाट पड़ी हुई थीं। पिंडोल[42] का पोता और गोबर का चौका भी न था। एक कोने में उपलों का ढेर। दूसरे में कुछ चीथड़े। और एक तर्फ नाज के मटके लग रहे थे।

इसका कारण यह था कि बिचारा दौलत राम तो निरा[43] बनियाँ ही था। पढ़ा-लिखा कुछ था ही नहीं। आगे उसकी बहु गाँव की बेटी थी और उसने देखा ही क्या था? छोटेलाल की बहु की-सी सुथराई और सफाई और कहाँ? आटा पीसना और गोबर पाथना इसकू खूब आवे था। वाय[44] दिन भर लड़ा लो।

छोटेलाल की बहु सारे दिन कुछ न कुछ करती रहे थी। सबेरे उठते ही बुहारी देती। चौका-बासन[45] करके दूध बिलोती। फिर न्हा-धोके दो घड़ी भगवान का नाम लेती। रोटी चढ़ाती। जब लाला छोटेलाल रोटी खा के दफ्तर चले जाते, थोड़ी देर पीछे दौलत राम और उसका बाप दूकान से रोटी खाने को आते। जब वह खा लेता और सास-जिठानी भी खा चुकतीं तब सबसे पीछे आप रोटी खाती।

और जिस दिन दौलत राम की बहु रोटी करती[46], दाल में पानी बहुत डाल

देती। और कभी नून जियादह कर देती। और कभी डालना भूल जाती। गाँव के सी मोटी-मोटी रोटियें करती। किसी को बहुत सेक देती और कोई कच्ची रह जाती। इसलिये बेचारी देवरानी को दोनों वक्त चूला फूँकना पड़े था।

रात को पूरी-पराँवठा[47] और तरकारी कर लिया करे थी। दोपहर[48] को रोटी खाने से पीछे घण्टा डेढ़ घण्टा आराम करती। फिर सीना-पिरोना, मोजे बुनना, फुलकारी काढ़ना, टोपियों पै कलाबत्तू की बेल लगाना आदि में जिस काम को जी चाहता, ले बैठती।

इस समय मुहल्ले और बिरादरी की लौंडियें दो घड़ी को इसके पास आ बैठा करे थीं। किसी को मोजे बुनना बतलाती, और किसी को लिखना-पढ़ना सिखलाती। और आप भी अपना काम किये जाती।

जब कभी इस काम से मन उछटता तो अपनी पोथी में से सहेलियों और भनेलियो[49] को कहानियाँ सुना-सुना कर कभी रुलाती और कभी हँसाती।

और जब कभी ज्ञान-चर्चा छेड़ देती तो भगवत गीता के श्लोक पढ़-पढ़ कर ऐसे सुन्दर अर्थ करती कि सुनकर सब मोहित और चकित हो जातीं। और जिस दिन एकादशी, जन्माष्टमी, रामनौमी या[50] और कोई तिथि-पर्वी होती और सीना पिरोना न होता तो उस दिन तुलसीदास और सूरदास के भजन गाती और विष्णुपद सुनाती कि सब प्रसन्न हो जातीं।

रात को जब सब व्यालू कर चुकते यह अपने चौबारे में चली जाती और रात को दस बजे तक जहाँ-तहाँ की बातचीत करके हँसती और बोलती रहती।

सुखदेई के भानजे का बिवाह यहाँ मारवाड़े में हुआ था। हापुड़ से अपनी बहु को लेने आया। अगले दिन लाला सर्वसुख से दूकान पर मिलने गया। राजी खुशी[51] कह के बोला कि मामी ने अपनी भावज को यह चिट्ठी दी है, घर पहुँचा देना।

लाला ने नौकर के हाथ घर चिट्ठी भेज दी। छोटेलाल की बहु ने पहले आप पढ़ी फिर सास को पढ़कर इस तरह सुना दी—

स्वस्ति श्री सर्वोपमायोग्य बहु आनंदीजी यहाँ से सुखदेई की राम राम बाँचना। यहाँ क्षेम-कुशल है। तुम्हारी क्षेम-कुशल सदा भली चाहिए। बहुत दिन हुए कि तुम्हारी एक चिट्ठी आई थी। मैंने तो उसका जवाब लिख दिया था। फिर

तुमने कोई चिट्ठी नहीं लिखी। यद्यपि वहाँ के आने-जाने वालों से राजी-खुशी की खबर मिलती रही तथापि चिट्ठी के आने से आधा मिलाप है। अब तो मुझे आये बहुत दिन हुए। तुम से मिलने को जी चाहे है। सो माँ से कहना कि मुझे दो-चार महीने को बुला ले। यहाँ से मेरा जी उछट[52] रहा है। लालाजी से माँ पूछ देगी, जो मेरी नथ बन गयी हो तो ज्ञानचंद मेरे भानजे के हाथ भेज देना। और भाई की भोज प्रबंध की पोथी जो तुम्हारे पास है थोड़े दिन के लिए भेज देना। जब मैं आऊँगी लेती आऊँगी। अब तो यहाँ भी एक लौंडियों का मदर्सा हो गया है। हमारी मिसरानी से हमारी पालागन कह देना। और सब सहेलियों और भनेलियों से राम-राम कहना। चिट्ठी का जवाब जरूर-जरूर लिख भेजना। थोड़े लिखे को बहुत जानना[53]। चिट्ठी लिखी मिती मार्गसिर बदी १ सम्बत् १९२५।

सुखदेई की माँ ने चिट्ठी सुनके कहा कि कल पाँच सेर आटे के लड्डू कर लीजो[54]। लौंडिया को कोथली[55] भेजनी है। और जो मैं कहूँ चिट्ठी में लिख दीजो। सो सुखदेई को यह चिट्ठी लिखी गयी—

स्वस्ति श्री सर्वोपमायोग्य बीबी सुखदेई जी यहाँ से आनन्दी की राम-राम बाँचना। चिट्ठी तुम्हारी आई। समाचार लिखे सो जाने। तुम्हारी माँ जी ने लालाजी से तुम्हारे बुलाने वास्ते कहा था। सो उन्होंने कहा है कि माघ के महीने में हम बाग की प्रतिष्ठा करेंगे[56]। तब लौंडिया सुखदेई को भी बुलावेंगे। और मेरे सामने जेठ जी से कह दिया है कि भाई तु ही लौंडिया को जाके ले अईयो। और वह बाग लाला जी ने दिल्ली के रास्ते में लगाया है। उसमें कुआँ तो बन गया है, शिवाला[57] बन रहा है। जिस सुनार को तुम्हारी नथ बनने को दी थी, वह सोना लेके भाग गया। लाला जी कहें थे, दूसरे सुनार से और बनवा करके भेज देंगे। तुम्हारी भनेली रामदेई मेरे पास रोज-रोज फुलकारी सीखने आया करे थी। बेचारी बड़ी गरीब थी। तुम्हें नित याद कर ले थी। जिठानी जी के स्वभाव को तुम जानो ही हो, एक दिन बेबास्ते उससे लड़ पड़ी। तीन दिन से वह नहीं आई। दो घड़ी जी बहला रहे था सो यह भी न देख सकीं। फुलकारी का ओन्ना[58] जो मैं तुम्हारे लिए अपने पीहर से लायी थी, भोज प्रबन्ध की पोथी, पाँच सेर लड्डू और आठ आने नकद तुम्हारे भानजे के हाथ तुम्हें भेजे हैं। रसीद भेज देना। तुम्हारी माँ ने तुम्हें राम-राम कही है। मेरी राम-राम अपनी सासू और भनेलियों से

कह देना। चिट्ठी लिखी मिति मार्गसिर सुदि २ सम्वत १९२५।

यह चिट्ठी और चिट्ठी में लिखी हुई चीजें सुखदेई के भानजे के हाथ भेजी गयीं और जबानी भी कहलावत गई कि लाला बंसीधर से कह देना कि माघ के महीने में लौंडिया को लेने बहल[59] आवेगी। ऐसा न हो कि उलटी फिरी आवे। एक चिट्ठी लिख भेजें।

यहाँ दौलत राम की बहु बड़ी भोर उठके गौ की धार काढ़ती[60]। गोबर पाथती। न्हाती न धोती। चर्खा लेकर बैठ जाती। और कभी-कभी दाल दलती। नाज फटकती। आटा छानती। दस-दस और बीस-बीस मन नाज दूकान से इखट्ठा आ जाय था। उसे अकेली बोरियों और कट्टों में भर देती। काम तो बहुतेरा करे थी। पर वैर-विषवाद[61] बहुत रक्खे थी।

और यह सास ने दोनों देवरानी जेठानियों को जैसा, जिस जोग देखा, काम बाँट दिया था। पीसना-खोटना, चर्खापूनी ऐसी मेहनत के काम देवरानी से नहीं हो सके थे, इसलिये कि उसने बाप के घर किये नहीं थे। परंतु वह उससे दसगुने अच्छे काम़ कलाबत्तू और गोटा-किनारी के जाने थी। पीसने-खोटने में क्या रक्खा है। घड़ी भर पीसा, दो पैसा का हुआ। वह आठ आने रोज का कढ़ावट का काम कर ले थी।

जेठानी रोटी खा के फिर चर्खा ले बैठती। इस जैसी इसकी भी दो एक भनेलियाँ थीं। सो कोई न कोई इसके पास आ बैठा करे थी[62]। यह उससे देवरानी का ही झींकना झींकती। सासू का खोट बतलाती कि मेरी सास बड़ी दोजगन है। छोटी बहु को जो कोई आधी बात कहे है तो लड़ने को उठे है। ससुर जी से मेरी रात दिन कटनी करे है। यों कहे है यह तो कच्ची रोटी करे है। बहिन जिस पै जैसी आती होगी वैसी करेगी। और यह मेरी देवरानी बड़ी खोट और चुपचोट्टी[63] है। मेरा देवर सत्तर चीजें[64] लावे है। दोनों खसम-जोरू खावे हैं। किसी को एक चीज़ नहीं दिखलाते। छड़ियों के मेले के दिन जरा सा मूँग का दाना मेरे बास्ते लेके आई थी, सो मैंने तो फेर[65] दिया। हमें तो जैसा मिल गया खा लिया। मेरी देवरानी छटाँक[66] भर पक्का घी[67] दाल में डाल के खावे है। इस प्रकार से नित चुगली करती। और अपनी देवरानी को सुना-सुना चर्खा कातती जाती, ताने-मेहने और बोली-ठोली[68] मारती जाती। किले पीसे कोई और खावे कोई। कोई ऐसी लुगाई

भी होती होगी और पीसना नहीं जानती होगी ? यों कहो मेहनत नहीं होती।

देवरानी चुपकी सुना करती। कभी कुछ न कहती। एक दिन उसने इतना कहा था कि जेठानी जी, तुम्हारा कैसा स्वभाव है ? बाहर की लुगाइयों के सामने तो बोली-ठोली की बात मत कहा करो। इसमें घर की बदनामी है।

उसके पीछे ऐसी पाँच पत्थर[69] लेकर पड़ी कि उसे पीछा छुड़ाना दुर्लभ हो गया।

और बोली अब चल तो तेरी जेठानी है उससे कह। छोटा मुँह और बड़ी बातें। आप मेरी बड़ी बनके बैठी हैं। और जो कुछ मुँह में आया कहती रहीं।

वह बेचारी चुपकी होके चली आई।

सास ने कहा अरी तू उससे क्यों बोली थी ?

उसने कहा अयजी, मैंने तो उसके भले की बात कही थी।

सास ने कहा मैं क्या कहूँ ? हमारी वह कहावत है कि अपना मरण जगत की हाँसी।[70]

दौलत राम की बहु जहाँ तक होता अपने मालिक से रात को नित्यप्रति सास और देवरानी की बुराई करती। तुम जानो, आदमी ही तो है, और बेपढ़ा। रोज-रोज के सिखलाने और बहकाने से दौलतराम भी अपनी बहु की हिमायत करने लगा और माँ से लड़ने लगा।

जब उसकी माँ ने यह हाल देखा तो एक दिन उसके बाप से कहा और यह सलाह दी कि दौलत राम को जुदा कर दो।

और मैं तो छोटी बहु में रहूँगी[71]। तुम्हारी तुम जानो।

उँच-नीच सोच[72] के बड़ी देर में यह जवाब दिया कि अच्छा, तो मैं[73] बड़ी बहु में रोटी खा लिया करूँगा। अपना सिर पकड़ कर बैठ गया और कहने लगा कि बिरादरी के लोग हँसेंगे और ठट्ठे मारेंगे कि फलाने के घर लुगाइयों में लड़ाई हुई थी तो उसने अपने बड़े बेटे को जुदा कर दिया। देखो यह कैसी बहु आई इसने हमारी बात में बट्टा[74] लगाया और घर तीन तेरह कर[75] दिया।

घरवाली बोली अजी जब अपना ही पैसा खोटा हो परखन वाले को क्या दोष[76] है ? जग तो आरसी है जैसा लोग देखेंगे वैसा कहेंगे।

सामने का दालान दौलत राम को दे दिया और सब तरह के जुदा-जोखा[77]

कर दिया। जो कोई चीज दूकान से आती दोनों घर आधी-आधी बट जाती।

जब यह खबर गुड़गाँवें पहुँची कि लाला सर्वसुख के यहाँ औरतों में लड़ाई रहे थी। सो उन्होंने अपने बेटों को जुदा कर दिया है। सो तहसीलदार साहब ने अपनी बेटी को यह चिट्ठी लिखी[78]—

स्वस्ति श्री सर्वोपमायोग्य बीबी आनन्दी जी यहाँ से राम प्रसाद आदि समस्त बाल गोपाल की राम-राम बंचना। यहाँ क्षेम-कुशल है तुम्हारी क्षेम-कुशल चाहते हैं। तुम्हारी माँ तुमको बहुत याद करे है। सो मैं तुमको बहुत जल्दी ही बुलाऊँगा। तुम्हारे छोटे भाई गंगाराम को मदर्से में बिठा दिया है और बड़े भाई राम प्रसाद को तुम्हारे ताऊ के पास आगरे इस कारण भेज दिया है कि वहाँ कालिज में पढ़कर वकालत का इम्तहान दे। तुम्हारी छोटी बहिन भगवान देई एक महिने से माँदी[79] है और जब ही से उसका लिखना-पढ़ना छूटा हुआ है। और तुम तो आप बुद्धिमान हो। परन्तु तौ भी जो पिता का धर्म है, दो चार बात लिखना आवश्यक है। बेटी, जो मैं तुमसे उसी दिन प्रसन्न हूँगा जब मैं यह सुनूँगा कि तुम्हारी ससुराल वाले तुमने प्रसन्न हैं। तुम्हारा लिखना-पढ़ना उसी दिन काम आवेगा जब तुम अपनी सास की आज्ञा में रहोगी। सास को माता के राम-तुल्य जानना। ननद और जेठानी को अपनी बहिनों से अधिक मानना। और यह मैं जानता हूँ कि सब लड़कियों को ससुराल में जाकर प्रथम कठिनता मालूम हुआ करती है। और इसका कारण यह है कि बाप के घर तो कुछ और ही चाल-चलन होता है और ससुराल में जाकर नये-नये तौर देखती है। जी घबराया करता है। परन्तु जो ज्ञानवान लड़कियें हैं घबराती नहीं सब काम किये जाती हैं। यह भी जानना उचित है कि माँ-बाप का घर तो थोड़े ही दिन के लिए है। सारी अवस्था ससुराल में ही काटनी है। अपने धर्म-कर्म पर चलना ईश्वर को याद रखना। आए-गए[80] का आदर सम्मान करना, सबसे मीठा बोलना, संतोष से अपने कुटुम्ब में गुजरान करना, आपको तुछ जानना, यह अच्छे कुल की बेटियों के धर्म हैं। ज्ञान चालीसी की पोथी में तुमने पढ़ा है कि अच्छों से सबको लाभ होता है। मेरा इस कहने से प्रयोजन यह है कि जो कोई स्त्री तुम्हारे कुटुम्ब की तुमको सीने-पिरोने का काम दे, जो अवसर मिले तो उसे कर देना उचित है। देखो विद्यादान का शास्त्र में कैसा महात्म लिखा है। अर्थात् जो बातें तुमको आती हैं, औरों को भी

सिखलाना चाहिए। चिट्ठी लिखी मिति पौष शुदि ६ संबत् १९२५[81]।

यह चिट्ठी छोटेलाल के खत में बंद होकर आई और उसने अपने घर में दे दी।

दौलत राम के जुदे होने से छह महीने पीछे एक लड़की हुई। इधर उसी दिन हापुड़ से चिट्ठी आई कि लाला सर्वसुख जी, अनन्त चौदस के दिन चार घड़ी दिन चढ़े तुम्हारे धेवती[82] हुई है।

(उस समय लाला दूकान पर थे) चिट्ठी को पढ़ के लाला ने दौलतराम से कहा कि ले भाई लौंडियों ने घर घेर लिया।[83] यह चिट्ठी अपनी माँ को सुनाईआ[84]।

दौलत राम की लड़की की छटी तो हो चुकी ही थी। दसूठन के दिन लाला भी घर ही थे। और सारे कुटुम्ब ने उस दिन दौलत राम ही के घर खाया था।

दोपहर को दूकान से एक पल्लेदार चिट्ठी ले के आया और बोला कि लालाजी यह चिट्ठी तुम्हारे नाम दिल्ली से आई है। मुनीम जी ने खोली नहीं, तुम्हारे पास भेज दी है। और एक आना महसूल[85] का दिया है।

लाला ने चिट्ठी पढ़ के कहा कि पार्बती की बड़ी लौंडिया का वसन्त पंचमी का बिवाह है। पंदरह दिन पहिले वह भात नौतने[86] आवेगी सो अब भात का फिकर भी करना चाहिए।

घरवाली बोली कि सुखदेई को छूछक भेजना है। फिर ऐसी ही दो चार गृहस्त[87] की बातें करके कहा कि छोटेलाल के घर में भी लड़की—बाला[88] होने वाला है। बहु के बाप को एक खत गिरवा देना कि वह साध भेज दे।

धौन भर[89] पक्के लड्डू, पाँच तीयल[90] बागे, पाँच गहने, कुछ मूँग और चावल, एक रुपया नगद छूछक के नाम से नाई के हाथ हापुड़ भेज दिया।

जब पार्वती भात नौतने आयी तो अपनी देवरानी को साथ लायी। गुड़ की भेली देके बोली कि बिवाह में सबको आना होगा।

लाला जी ने कहा बीबी,[91] छोटेलाल की तो छुट्टी नही है। दौलत राम भात ले के आवेगा।

अैर बिवाह से एक दिन पहिले नाई ब्राह्मण को साथ ले दौलत राम भात ले के दिल्ली में जा पहुँचा।

उस दिन सारी बिरादरी में बुलावा[92] फिर गया कि आज भात लिया जायगा। ५१ रुपये नकद, नथ, बिछुआ[93], छन, पछेली, सोने मूँगे की माला, पायजेब, सोने की हैकल, सोने का बाजू पचलड़ा और नौ नगे[94] पार्बती के सारे कुटुंब को कपड़े, २१ तीयल भरी-भरी[95], ग्यारह बरतन, एक दोशाला और एक रुमाल आदि सबको दिखलाके [96] पार्वती के ससुर के हवाले किये।

और जब भात ले के डौढ़ी पर पहुँचे थे। पार्वती दस-बीस तो स्त्रियों को साथ लिये गीत गाती हुई भाई का आर्ता करने आई थी।

वहाँ दौलत राम को जो कोई पूछता यह कौन साहब हैं ? वह कह देते कि यह भाती[97] हैं।

इन दिनों छोटेलाल की बहु गर्म चीज न खाती। बहुत करके कोठे पै न जाती और न बोझ उठाती। जब किसी चीज को खाने को जी चाहता तो अपनी सास वा और किसी बड़ी-बूढ़ी से पूछ के मँगा लेती। ऐसी-वैसी चीज न खाती। खट्टी चीज को बहुत जी चाहा करे था सो कभी-कभी नींबू का अचार या[98] कैरी खा ले थी।

जेठ शुदि ३, जुमेरात के दिन छोटेलाल के घर लड़के का जन्म हुआ। बड़ी खुशी हुई नक्कारखाना[99] रखा गया। जन्म पत्री लिखी गई बिरादरी बालों को एक-एक पान का बीड़ा दिया[100]।

वह उठ खड़े हुए और बोले, लाला सर्वसुखजी मुबारिक।

उन्होंने उत्तर दिया कि साहब आपको भी मुबारिक।

बाहर जो नाई ब्राह्मण घिर गये थे उन सबको पैसा-पैसा बाँट दिया। दाई को एक रुपया दिया, वह पाँच रुपये माँगती रही।

जच्चा के खाने को गूँद की पॅजीरी[101] हुई। अब जो भाई बिरादरी और नाते-रिश्ते में से औरतें आतीं लौंडे की दादी का मुबारिक व[102] बधाई कहके बैठ जातीं।

वह कहती जी, भगवान ने दिया तो है, अब इस्की उमर लगावे और लहना सहना[103] हो।

नातेदारों और प्यार-मुलाहजे वालों के यहाँ से कुर्त्ता, टोपी, हँसली, कडूले आने लगे। धी-ध्यानों[104] के यहाँ से जो आये थे उनमें से किसी को फेर दिया और

किसी का रख लिया। और दो-दो चार-चार रुपये जैसा नाता देखा उन पर रख दिये।

तहसीलदार के यहाँ से भी छूछक अच्छा आया। सारी बिरादरी में वहा-वाह हो गई।

जिनके स्वभाव खोटे पड़ जा हैं फिर सुधरने कठिन पड़ जा हैं। यह कुछ तो खुशी हुई, पर जेठानी एक दिन को भी आ के न खड़ी हुई। छठी और दसूठन के दिन चर्खा ले के बैठी और जिस दिन देवरानी चालीस दिन का न्हान न्हा के उठी तो उस बिरियाँ नाक में बत्ती दे के छींका और सास और देवरानी को सुना-सुना यह कहती कि जिनके नसीब खोटे हो हैं उनके बेटी हो हैं और जिनके नसीब अच्छे हैं उनके बेटे हो हैं।

एक दिन सास तो लड़ने को उठी भी पर बहु ने समझा लिया कि जो किसी के कहने सुनने से क्या हो है? हमारा भगवान भला चाहिए।

जिस दिन हीजड़े नाचने आये लुगाइयों को दिखलाने को पैसा बेल[105] का दे गई।

छोटे लाल ने लौंडे को खिलाने को एक टहलवी रख दी। और उससे यह कह दिया कि बच्चे को राजी राखियो।

लाला ने चार रुपये का घी और एक रुपये की खाँड़ दूकान से भेज दी। और जब रात को घर आए घरवाली से कह दिया कि घी को ता[106] के रख छोड़यो और बहु की खिछड़ी वा दाल में डाल दिया करियो। खाँड़ के लड्डू बना लीजो। बहु का शरीर निर्बल हो गया है, इसमें ताकत आ जायगी और बच्चा दूध से भूखा नहीं रहेगा। और बहु से कह दीजों कि ऐसी-वैसी चीज न खाये जिससे बच्चे को दुःख हो।

वह आप चतुर थी। दोनों वक्त बँधा खाना[107] खाती। लाल मिर्च, गुड़, शक्कर, सीताफल की तरकारी, तेल का अचार, खीरे और अमरूद आदि से परहेज करती। पर होनी क्या करे? जब लड़का छह महीने का था, एक दिन सिर से न्हाई थी। भीगे बालों बच्चे को दूध पिला दिया। सर्दी से उसे खाँसी का ठसका हो गया। अगले दिन करवा चौथ थी। बर्ती रही। और पूरी कचौरी खाने में आयी। लौंडे को साँस होई आया। बड़ा फिकर हुआ। सास उठावने उठाने

लगी[108] और बोल कबूल करने लगी। धन्ना की माँ पनिहारी को ननवा चमार को बुलाने भेजा। उसने आते ही झाड़ा दिया[109] और अपने पास से लौंडे को गोली खिला दी।

गोली के खाते ही बीमारी और बढ़ गई और लौंडे का हाल बेहाल हो गया। इतने में लाला दूकान से भागे आए। छोटेलाल घर ही था। दोनों की सलाह हुई कि हकीम को दिखलाओ और सारा हाल कह दो। हकीम जी ने कहा कि घबराओ मत, उस पाजी ने जमाल गोटे की गोली दे दी है और वह पच गई है। मैं यह दवा देता हूँ बच्चे की माँ के दूध में देना। इससे चार पाँच दस्त हो जायेंगे, आराम पड़ जायगा। और वैसा ही हुआ।

लाला घर में बड़े गुस्सा हुए कि अब तो भगवान ने दया की, कोई स्याना-वाना[110] घर में नहीं बड़ने पावे। यह निर्दयी इस तरह से बच्चों को मार डालते हैं, और कुछ नहीं जानते। और बहु से कह दीजो कि फिर भीगे बालों दूध न पिलावे। और भला वह तो बालक है, उसने देखा ही क्या है? तू तो बड़ी-बूढ़ी थी। पहिले से क्यों नहीं समझा दिया था?

वह चुप हो रही।

दौलत राम की बहु सब कुछ खाती-पीती रहे थी। जब सास या[111] ससुर उसके भले की बात कहते, उसका उलटा करती। लौंडिया भी उसकी सूख के काँटा हो रही थी। और आप भी नित माँदी रहे थी।

एक समय गर्मी के दिन थे। दो-तीन धुएँ में रोटी की। दोनों माँ-बेटियों की आँखें दुखने आ गयीं। परहेज किया नहीं और बीमारी बढ़ गई। किसी ने बहका दिया कि तुम्हारी आँखें घर के देवता ने पकड़ी[112] हैं। उस दिन से दवाई भी डालनी छोड़ दी। बेचारे दौलत राम को आप चूला फूँकना पड़ा।

जब लाला को यह खबर हुई वह एक दिन आके बहुत लड़े कि दवा नहीं डालेगी तो अंधी हो जायेगी। तब कोई पंदरह दिन में रसौत की पौटली[113] से आराम हुआ।

लौंडिया की आँखों को पहिले ही आराम हो गया था क्योंकि दौलत राम हकीमजी के यहाँ दवाई गिरवा लाया करे थे।

छोटे लाल के लड़के का जन्म का नाम तो कुछ और ही था परन्तु लाड़ से

उसको नन्हें पुकारने लगे थे। जब वर्ष ही दिन को होगा कि इसी आँखें दुखने आयीं। गर्म-गर्म स्याही डाली। जस्त आँजा। मलाई के फोहे[114] बाँधे। नहीं आराम हुआ।

तब इसकी माँ ने अपनी सास से कहा कि मेरी माँ मेरे भाई की आँखों के वास्ते एक रगड़ा[115] बनाया करे थी। जो तुम कहो तो नन्हें की आँखों के वास्ते मैं भी बना लूँ।

उसने कहा अच्छा।

१ तोला जस्त, १ तोला रसौत, ६ मासे फटकी, २ तोले छोटी हड़, बाजार से मँगा के १. तोले गौ के घी को एक सौ एक बार धोकर उसमें रसौत और फटकी पीस के मिला दी और समूची हड़ों समेत काँसी की प्याली पर रगड़ लिया। नन्हें की आँखों को इसी से आराम हो गया[116]।

इस रगड़े की मुहल्ले भर में धूम पड़ गई। जिस किसी के बच्चे की आँखें दुखने आतीं, माँग के ले जाती और इसे डालते आराम हो जाता। खुरजेवाली की लौंडिया की आँखें फिर दुखने आई थीं। इसी रगड़े से आराम हुआ।

एक दिन छोटे लाल की बहु बोली कि सासू जी, जब मेरे लाला दिल्ली में सरिश्तेदार थे तो मेरे बड़े भाई को माता नारी का टीका लगवा दिया था। वह भी कहें थे और मैंने भी लिखा देखा है कि जिस बच्चे को टीका लग जा है उसके फिर माता नहीं निकलती और जो निकले भी है तो जोर नहीं होता। सो नन्हे का चाचा (अर्थात बाप) कहे था कि जो माँ और लाला की मर्जी हो तो नन्हे के टीका हम भी लगवा दें।

सो माँ-बाप की आज्ञा से छोटेलाल ने शफाखाने[117] के बड़े बाबू से नन्हे के टीका लगवा दिया।

जब बच्चे को दाँत निकलते है तो बड़ा ही दु:ख होता है। जो दूध पीता है डाल देता है। दस्त आया करते हैं। शरीर दुर्बल हो जाता है। बच्चा रोता बहुत है। दूध नहीं पीता। ये ही हालत नन्हें की हुई।

एक बिरिया[118] ऐसा माँदा हुआ कि सबने आस छोड़ दी थी। बकरी के दूध से आराम हुआ था। और एक दिन छोटेलाल अपने साहब की चिट्ठी लिखवा के बड़े डाक्टर के पास भी नन्हे को ले गया था। डाक्टर ने कहा कि जब बच्चे के

दाँत निकलते हों उसकू जंगलों और मैदानों की बहुत सबेरे रोज-रोज हवा खिलायी जाय। इससे अच्छी और कोई दवा नहीं है।

छोटेलाल ने अपने नौकर को हुक्म दिया कि जब तक गड़ूलना[119] बने, नन्हे को गोद में ले के गोलक बाबू के बाग तक रोज हवा खिला लायाकर।

और जब नन्हे दो वर्ष का हुआ। गड़ूलने में बिठा कर सूर्य्य कुण्ड तक भोजने लगे। और बहुत करके लाला छोटेलाल आप भी गड़ूलने के साथ जाया करें थे। इससे नन्हें का सब रोग जाता रहा और शरीर में बल आया।

रात को दोनों स्त्री-पुरुष उसे खिलाते और बड़े मगन होते। जब छोटेलाल कहता आओ नन्हे हमारे पास आओ। वह चट चला जाता और जब उसकी माँ कहती आओ हमारे पास आओ हम चीजी देंगे वह न आता। तब दोनों हँस पड़ते। और कभी माँ की खाट पै से बाप की खाट पै चला जाता और कभी रोके फिर चला आता। यह दोनों उसका तमाशा देखा करें थे। जब छोटेलाल किसी प्रकार के संदेह में होता यह चाचा-चाचा कह के उससे लिपट जाता। उसका सन्देह जाता रहता। और उसे गोद में उठा के खिलाने लगता।

और कभी कहता कि नन्हे को अँग्रेजी पढ़ाके रुड़की कालेज में भेजेंगे और इंजिनियर बनावेंगे।

उसकी घरवाली कहती कि नहीं इस्कू तो तुम वकील बनाना। मेरा ताऊ आगरे में वकील है। हजारों रुपये महीने की आमदनी है और घर के घर है[120] किसी का नौकर नहीं।

एक दिन बड़े लाला बाहर चबूतरे पर पोते और पोती को खिला रहे थे। जो कोई लाला का मिलापी[121] उधर जाता लाला कहते सलाम कर भाई यह भी तेरे चाचा हैं। नन्हे अपने सिर पर हाथ रख लेता। वह हँस पड़ते और कहते जीते रहो।

इतने में दिल्ला पाँडे आए। पहिले लाला ने आप पालागन की फिर लड़के से बोले कि हाथ जोड़ पालागन कर, यह हमारे पुरोहित हैं।

उन्होंने कहा सुखी रहो लाला। और फिर बोले, सर्बसुख जी, यह लड़का बड़ा बुद्धिमान और भाग्यवाला होगा क्योंकि इसके छीदे दाँत हैं, चौड़ा माथा है और हँसमुख है। इसकी सगाई बड़े घर की लेना।

लाला ने कहा देखो महाराज, तुम्हारी दया चाहिए। परमेश्वर ने बुढ़ापे में यह सूरत दिखाई है। कहीं जीवे सगाई बधाई तो पीछे हैं।

पाँडेजी ने कहा लाला साहब, दौलतराम की लड़की दुबली क्यों है ?

उन्होंने कहा महाराज, माँदी थी, और चुप हो रहे।

अब दौलतराम की लड़की तीन वर्ष की हो गई थी और जब दो ही वर्ष की थी एक दिन दौलतराम की बहु उसे छोटी दिल्ली और बड़ी दिल्ली दिखला रही थी और घू-घू माँऊ के [122] खिला रही थी अर्थात् कभी उछालती और लपकती और कभी पैरों पर बिठा के उसे नीचे करती। इससे लौंडिया की हँसली[123] उतर गई रोयी। और चिल्लायी बहुत। वह तो सिबिया की चाची एक पड़ौसन थी। उसे बुलाया। उसने आके चढ़ायी।

एक बिरियाँ ऐसा ही और हुआ था कि यह अपनी लौंडिया को खशखश बराबर[124] नित अफयून दिया करे थी। वह इसलिये कि वह अपने काम धंधे में लगी रही थी, वा चर्ख-पूनी किया करती। लौंडिया नशे में खटोले पर पड़ी हुई खेला करती। एक दिन लौंडिया का जी अच्छा नहीं था। रोवे बहुत थी। उसने जाना कि इसका नशा उतर गया है, चने बराबर और दे दी। थोड़ी देर पीछे मुँह में झाग-झाग हो गए। हुचकी भरने लगी। यह हाल देख सुखदेई की माँ ने दौलत राम को दूकान से बुलवाया। वह हकीम जी को लाया। तब उन्होंने रद्द करने की दवा दी। उससे कुछ आराम पड़ा और लौंडिया मरती-मरती बची।

दौलत राम की बहु की भनेली जिसका नाम नथिया था, कोट पर[125] रहे थे और कभी-कभी इसके पास आया करे थी। उसका मालिक साहब लोगों में कपड़े की फेरी-फिरा करे था। (दीनानाथ कपड़े वाले की दूकान पर नौकर था।) जब सायंकाल को सारे दिन का हारा-थका घर आता, नून-तेल[126] का झीकना ले बैठती। कभी कहती मुझे गहना बना दे, रोती-झीकती, लड़ती-भिड़ती। उसे रोटी न कर के देती। कहती कि फलाने की बहु को देख, गहने में लद रही है। उसका मालिक नित नयी चीज लावै है। मेरे तो तेरे घर में आके भाग फूट गए। वह कहता, अरी भागवान, जाने भगवान रोटियों की क्यों कर गुजारा करे है। तुझे गहने-पाते[127] की सूझ रही है ?

एक न सुनती। रात-दिन क्लेश रखती। वह दु:खी होकर निकल गया और

अपनी चिट्ठी भी नहीं भेजी।

एक दिन वह अपनी भनेली से मिलने आई थी। वह तो घर नहीं थी, छोटेलाल की बहु के पास चली गई। उसने बड़े आदर सन्मान से उसे बिठाया और पूछा कि तुम्हारा क्या हाल है? उसने सारी विपता अपनी कही और यह भी कहा कि मैंने सुना है कि बसन्ती का चाचा (बाप) जैपुर में लक्ष्मीचन्द सेठ की दूकान पर मुनीम है। तुम मेरी तर्फ से एक ऐसी चिट्ठी लिख दो कि वह हमको वहाँ बुला ले, वा आप यहाँ चला आए और जैसा मेरा हाल है उसके लिखने में कुछ संदेह मत करो। मैं जीते जी तुम्हारा गुण नही भूलूँगी। छोटेलाल की बहु ने यह चिट्ठी लिखी—

स्वस्ति श्री सर्वोपरि विराजमान सकल गुण निधान बसंती के लालाजी वसन्ती की चाची की राम-राम बंचना। जिस दिन से तुम यहाँ से गए हो बाल-बच्चे मारे-मारे फिरे[128] हैं। तन पै कपड़ा नहीं। पेट की रोटी नहीं। कोई बात नहीं पूछता कि तुम कौन हो। लोग अपने बच्चों को मेले-ठेले, सैर-तमाशे दिखलाते फिरे हैं और तुम्हारे बच्चे गलियों में डकराते[129] फिरे हैं। मेरी विपता का कुछ हाल मत पूछो। पाँच वर्ष तो इतने कठिन मालुम नहीं दिये, परन्तु इस काल में जो कुछ था सब बेच खाया। और यह मुझसे खोटी मति स्त्रियों के पास बैठने से ऐसा हुआ। जैसा मैंने किया, वैसा मैंने पाया। अब मेरी पहिली सी बुद्धि नहीं रही। मेरा अपराध क्षमा करो। और हमको वहाँ बुला लो। या[130] तुम यहाँ चले आओ। आगे और क्या लिखूँ? चिट्ठी लिखी आश्विन बदि ४, सं. १९२६।

जब ये चिट्ठी उसके पास पहुँची सुनते ही रो पड़ा और फिर वहाँ से आके अपने सारे कुटुम्ब को जैपुर ले गया।

जब दौलतरात की लड़की तीन वर्ष की थी कि एक लड़का हुआ। उसका खुशी हुई, परंतु छोटेलाल की बहु बड़ी मगन हुई और कहने लगी कि हे भगवान तैंने मेरी ऊपर बड़ी दया की। जो लौंडिया-सिवाल[131]होती तो मुझे काहें को जीने देती।

उस लड़के का नाम कन्हैया रक्खा। जो कोई पूछती री लौंडा राजी है।

अच्छे-बिच्छे को कहती कि नित माँदा[132] रहे है। दूध नहीं पीता।

किसी के सामने दूध नहीं पिलाती, न उसको दिखलाती। गोद में ढँक के

बैठ जाती। इसलिये कि कभी नजर न लग जाय। नित टोने-टोटके, गंडे-तावीज करती रहे थी। जो कोई स्याना-दिवाना आता, इससे रुपया-धेली मार ले जाता। अर्थात् जो मूर्ख स्त्रियों के काम हैं, और उनसे किसी प्रकार का लाभ नहीं है, किन्तु बड़ी हानि है, सब करती और अपनी देवरानी को सुना-सुना और स्त्रियों से कहती कि बहिन, बेटा तो हुआ है जो वैरी जीने[133] देंगे।

जब छोटेलाला की बहु माँदी ही थी कि एक लड़का और हुआ। उकसा नाम मोहन रक्खा। और उसको धा के इस कारण दे दिया कि बीमारी में बच्चे की माँ का दूध सुख गया था। इधर उसका इलाज होने लगा, उधर मोहन धा के पलने लगा। धा का दो रुपये महीना कर दिया और यह कह दिया कि जब लड़के को तुझसे लेंगे राजी कर देंगे।

वह मल्याने गाँव में शहर से दो कोस अन्तर से रहे थी। तीज-त्यौहार के दिन आती, त्यौहारी[134] ले जाती। और जब कभी छोटेलाल वह उसका लाला घर होते, चौअन्नी वा अठन्नी धा को दे देते और उसकी लल्लो-चप्पो[135] कर देते कि घबराइयो मत, इस घर से तुझे बहुत कुछ मिलेगा।

और वह धा जाटनी थी उसका जाट लाला की दुकान पर पैंठ के दिन घी बेचने आया करे था। सो लाला उससे भी कह दिया करें थे के भाई हमारे-तुम्हारे घर की सी बात है, और वह लौंडा तुम्हारा ही है। उसको राजी रखना।

छोटेलाल की बहु को तो जब ही आराम हो गया था। पाँचवे वर्ष लड़के को धा से लेने की सलाह ठहरी।

एक दिन मुहूर्त्त दिखलाके उस जाट से कह दिया कि फलाने दिन तुम दोनों चार घड़ी दिन चढ़े लड़के को लेके चले आओ। वह आ गए। पच्चीस रुपये और दोनों जाटनी और जाट को पाँचों कपड़े और एक रुपया उसकी भंगन आदि को देके छोटेलाल की बहु ने जाटनी की गोद में से लड़के को अपनी गोद में ले लिया।

उसकी सास ने कहा बहिन तेरे लायक तो कुछ है नहीं। तुम्हों जो दें सो थोड़ा। आगे तेरा घर है, भगवान इसकी उमर लगावे। तुझे बहुत कुछ देगा।

बहु की गोद में लड़का रोने लगा और कहने लगा कि मैं तो अपनी माँ के पास जाऊँगा।

सबने कहा ये ही तेरी माँ है वह न माना और जाटनी की गोद में आ गया। और कहने लगा कि मा घर को चल।

जाटनी आँसू भर लायी और कहने लगी बेटा ये ही तेरी मा है और ये ही तेरा घर है।

सुखदेई की माँ ने कहा बीबी, दो-चार दिन अभी तु यहीं रह। जब पर्च जायेगा[136] अपने घर चली जाइयो।

यह सब जानते हैं कि छोटे बेटे पर बहुत प्यार होता है, और पुत्र से प्यारा क्या है? जिसके घर में इतना धन-दौलत हो उसके लाड़-प्यार का क्या ठिकाना है?

जब छोटेलाला दफ्तर से आता बाहर से ही पुकारता बेटा मोहन!

वह भी घर में से भगा जाता और बाप के हाथ में से रुमाल छीन कर ले आता। उसमें कभी दालसेंवी और कभी बालूशाही और इमर्ती पाता और माँ को दे देता। माँ बड़े को तो दादी का लाड़ला बतलाती और छोटे को आप ऐसा चाहती कि आठों पहर अपनी आँखों के सामने रखती। किसी का भरोसा न करती। जहाँ आप जाती उसे साथ ले जाती। थोड़े ही दिन में उसे सौ तक गिनती सिखला दी। नागरी के सारे अक्षर बतला दिये।

नन्हे की अवस्था सात वर्ष की थी जब उसे पाँडे के यहाँ मुहूर्त्त कराके अंग्रेजी पढ़ने को मदर्से में बिठला दिया था।

नन्हे की सगाई कई जगह से आई पर छोटेलाल और उसकी बहु ने फेर-फेर दी। और यह कहा जब पंदरह-सोलह वर्ष का होगा तक बिवाह-सगाई करेंगे[137]।

बाबा-दादी ने कहा यह तुम क्या गजब करे हो? जब स्याना हो जायगा, कौन बिवाह-सगाई करेगा? लोग कहेंगे कि यह जाति में खोटे होंगे, जो अब तक बिवाह नहीं हुआ[138]।

लाचार इनको बुलन्द शहर की सगाई रखनी पड़ी। और जिस दिन सगाई ली गई और नन्हे टीका करवाके उठा दौलतराम की बहु उसी समय बाहर से आग लायी। चक्की पीसने बैठी। सिर धोया और अपनी मरी माँ को याद कर बहुत रोई।

सबने बुरा कहा और दौलतराम भी बहुत गुस्सा हुआ।

छोटेलाल की बहु की मामा की बेटी दिल्ली से मेरठ में बिवाही हुई आई थी। उसकी बेटी जब नौ वर्ष की थी कोयल में शिवलाल बनिये के बेटे से बिवाही गई थी और उसके भी एक ही बेटा था।

एक दिन कोठे पर खड़ा पतंग उड़ा रहा था और पेच लड़ा रहा था। ऊपर को दृष्टि थी, आगे जो बढ़ा, धड़ाम देसी[139] तिमंजिले पर से नीचे आ रहा, और पत्थर पर गिरा। हड्डियों का चकनाचूर हो गया। सिर में बहुत चोट लगी। दो दिन जिया तीसरे दिन मर गया।

सो दिल्लीवाली की लौंडिया दस वर्ष की अवस्था में विधवा हो गई थी। किरपी नाम था। बड़ी भोली-भाली लौंडिया थी। ऊपर को निगाह उठा के नहीं देखे थी। अपनी मासी से विष्णु सहस्त्रनाम पढ़ लिया था। नित पाठ किया करे थी और जपा करे थी। कथा-वार्त्ता सुनती रहे थी। कार्तिक और माघ न्हाती[140]। चन्द्रायण के व्रत करती। माँ ने तुलसी का बिवाह और अनन्त चौदस का उद्दापन[141] करवा दिया था। जगन्नाथ और बद्रीनाथ के दर्शन भी कर आई थी। कभी-कभी अपनी माँ के पास मासी से मिलने आया करे थी।

वह इसे देख-देख बड़ी दुखी होती और अपनी बहिन से कहती कि देखो इस लौंडिया ने देखा ही क्या है? यह क्या जानेगी कि मैं भी जगत में आई थी। किसी के जी की कोई क्या जाने है। इसके जी में क्या-क्या आती होगी। इसके साथ की लौंडियें अच्छा खावे हैं, पहिने हैं। हँसे हैं, बोले हैं। गावें हैं, बजावे हैं। क्या इसका जी नहीं चाहता होगा? सात फेरों की गुनहगार है। पत्थर तो हमारी जाति में पड़े हैं। मुसलमानों और साहब लोगों में दूसरा बिवाह हो जाय है। और अब तो बंगालियों में भी होने लगा। जाट, गूजर, नाई, धोबी, कहार, अहीर आदियों में तो दूसरे बिवाह की कुछ रोक-टोक नहीं। आगे धर्मशास्त्र में भी लिखा है कि जिस स्त्री का उसके पति से सम्भाषण नहीं हुआ हो और बिवाह के पीछे पति का देहान्त हो जाय, तो वहाँ पुनर्बिवाह योग्य है। अर्थात् उस स्त्री को दूसरा बिवाह कर देने से कुछ दोस नहीं।

वह सुन के कहने लगी फिर क्या कीजिये, बहिन। लौकिक के बिरुद्ध[142] भी तो नहीं किया जाता।

दौलतराम की लौंडिया मुलिया ने कनागतों में गोबर की साँझी बनाई, दीवे बले[143] मुहल्ले की लौंडिये इखट्टी हो जातीं और यह गीत गातीं।

साँझी री क्या ओढ़े क्या पहिनेगी ?
काहें का सीस गुँदावेगी ?
शालू ओढँगी मसरु पहनूँगी।
सोने का सीस गूँदाऊँगी।

जब गीत गा लेतीं लौंडियों को चौले बाँटे जाते। नन्हे और मोहन भी कभी-कभी लौंडियों के पास चले जाते और उनके साथ गीत गाते।

उनकी माँ कहती ना मुन्ना, लौंडे लौंडियों के गीत नहीं गाते हैं।

एक दिन बड़ा भाई तो चला आया था छोटा भाई वहीं बैठा रहा। नींद जो आयी, पड़के सो गया। जब लौंडिये गीत गा के चली गयीं और मोहन घर नहीं गया तो उसकी मा आई। देखे तो धरती पर पड़ा सोवे है। गोद में उठा के ले गई। घर जाकर देखा तो एक हाथ में कड़ा नहीं। और चोटी के बाल कतरे हुए हैं[144]।

उसने अपनी सास से कहा। बहुतेरी कोस-कटाई[145] हुई। भगवान जाने किसने लिया और यह काम किसने किया। क्योंकि बाहर से बड़ी लौंडियें भी तो आई थीं। परन्तु दौलतराम की बहु का नाम हुआ और निस्सन्देह यह थी भी खोटी।

जब कभी लौंडे लौंडिया के साथ खेलती हुई ताई-ताई करते इसके घर जाते, मुँह से न बोलती। माथे में तीन बल डाल लेती। भला बालकों से क्या बैर विषवाद है ? यह तो भगवान के जीव हैं। इनसे तो सब को मीठा बोलना चाहिए।

जब कभी लौंडिया मुलिया दीदी के पास जाती, चाची पुकार लेती। प्यार करके अपने पास बिठाती। जो चीज लौंडों को खिलाती। पहिले इसको देती और बेटों को बराबर चाहती। लौंडिया को अपने हाथ से गुड़िया बना दी थी। कातने का रंगीन चर्खा मँगा दी थी। और लौंडियों के साथ इसको भी सीना सिखलाती। और एक-एक दो-दो अक्षर भी बतलाती जाती।

सब लौंडी-लारों की दूकान से पैसा-पैसा रोज मिला करे था। दौलत राम की बहु ने एक गुल्लक बना रक्खी थी सो कन्हैया और मुलिया के पैसे उसी में गेरती जाती। वर्ष दिन पीछे जो गुल्लक को तोड़ा तो उसमें ग्यारह रुपये ।=) ॥

के पैसे निकले। सो मुलिया की झाँवर[146] बना दीं। इन बातों में तो बड़ी चतुर थी। और भी इसने इसी प्रकार से सौ रुपये जोड़ लिये थे। और वह ब्याजू[147] दे रक्खे थे।

छोटेलाल की बहु ने एक पैसा भी नहीं जोड़ा था। जो लौंडे लाये, सब खर्च करा दिये। इस कारण केवल जोड़ने और जमा करने के विषय में दौलत राम की बहु सराहने योग्य थी।

एक दिन मोहन संध्या समय खेलता-खेलता घर में से बाहर चला आया। दिवाली के दिन थे। एक जुआरी ने (जो देखने में भला आदमी दीख पड़े था) आते ही मोहन को गोद में उठा लिया और कहा कि तेरे बाबा ने तुझे खाँड के खिलौने देने को बुलाया है और आज बाजार में बड़ा तमाशा होगा।

यह बालक ही तो था। बोला मैं अपनी माँ से पूछ आऊँ। उसने कहा मैं तेरी माँ से पूछ आया हूँ। तुझे तमाशा दिखा के छोड़ जाऊँगा। जाड़ा-जाड़ा कहके उसे अपने चादर में दुबका लिया और जंगल को ले गया। अँधेरी रात थी। चिम्मन तिवाड़ी के बाग में ले जा के उससे बोला कि तुम मुझे अपना गहना दे दे।

वह रोने लगा। फिर उसने कहा जो रोवेगा तो गला घोंट के कुए में गेर दूँगा।

तुम जानो अपनी जान सबको प्यारी है[148]। बेचारा बालक डर गया और चुप हो रहा। उसने इसके कड़े, बाली और तगड़ी उतार ली और बायें हाथ की उँगली में जो सोने की अँगूठी थी उसकू ऐसा दाँतो से किचकिचा कर खेंचा कि उँगली में लहू निकलने लगा। फिर इस निर्दयी ने उस बालक से पूछा कि तू मुझे पहिचाने भी है?

उसने कहा नहीं।

यह सुन और उसे एक गढ़े में धक्का दे चंपत हुआ।

उधर जब दीवे बल गए और मोहन घर नहीं आया तो वहाँ तला-बेली[149] पड़ी।

दादी मुहल्ले के लौंडों के घर पूछने गई। उन्होंने कहा वह एक आदमी के साथ तमाश देखने दुकान गया है।

दुकान को आदमी दौड़ाया वहाँ कहाँ था? यह खबर सुनत ही लाला और दौलतराम दोनों उठे चले आये और छोटेलाल भी घर आ गया।

मुहल्ले और सारे शहर में ढूँढ़ फिरे। कहीं कुछ पता न लगा। फिर यह सलाह ठहरी कि कोतवाली में लिखवाओ और ढँढोरा पिटवाओ। इसमें पहर भर रात जाती रही। स्त्रियें रोवें और चिल्लायें। कभी गंगाजी का प्रशाद ओर कभी हनूमान के बाह्मण बोले। मर्दों के मुँह फक्क[150] पड़ रहे। औरतों पर गुस्से हों कि लौंडे को इन्होंने खोया कि क्यों गहना पहनाया था? मोहन की जान इनके गहने ने ली।

अब सबको यही सन्देह हुआ कि किसी ने गहने की लालच गला घोट के कुए में गेर दिया[151]।

बड़े लाला ने जमादार के कहने से पाँच सात पल्लेदार बुलवा, मशालें जलवा, सब दरवाजों से बाहर लोगों को देखने भेजा। बागों और मंदिरों के कुओं में काँटे[152] डाल-डाल सब जगह देखा। जब चिम्मन तिवाड़ी के बाग में पहुँचे उस मशाल के साथ दौलत राम था। कुएँ को देख जुहीं आगे बढ़े और गढ़े के पास को निकले तो दौलतराम के कान में किसी बालक के सुबकने का शब्द सुनाई दिया।

उसने कहा ठहरो और इस गढ़े में देखो।

देखो तो एक ओर बालक सुबक रहा है उसी समय हुसैनी पल्लेदार कूद पड़ा और मोहन-मोहन कह उसे उठा लिया। और ऊपर ले आया।

देखा तो सारा शरीर लहुलुहान हो रहा है। इसका कारण यह था कि उस गढ़े में एक कीकड़[153] का पेड़ था। जब उस निर्दयी ने धक्का दिया था तो वह काँटों पर जाकर गिरा था फिर उसे घर ले आये। बाबा ने देखते ही छाती से लगा लिया।

लोगों ने कहा लाला साहब मोहन का तो नया जन्म हुआ है। लाला ने पूछा मुन्ना तुझे कौन ले गया था।

उसने सारा हाल बतलाया और कहा कि मैं उसे पहिचानता नहीं।

लोग बोले ये ही बात अच्छी हुई। फिर मोहन को घर में भेज दिया।

माँ दादी गले लगाके बहुत रोयी। इतने में छोटेलाल भी जो मशाल ले के ढूँढ़ने गया था आन पहुँचा और मोहन को देख बड़ा आनन्द हुआ। दौलत राम की बहु सब के सामने कहने लगी कि अब मेरे जी में जी आया है। भगवान ने बड़ी दया की। परन्तु मन की बात परमेश्वर ही जाने।

लाला ने सब लड़की-बालों[154] के कड़े-बाली उतरवा दिये और कह दिया कि फिर कोई नहीं पहनाने पावे।

अगले दिन पाँच रुपये के लड्डू मुहल्ले और बिरादरी में बाँटे गये और कुछ दान-पुन्न भी कराया।

दौलतराम की लड़की का सम्बन्ध अतरौली में चुन्नीलाल कसेरे के बेटे से हुआ था।

उन्हीं दिनों किसी ने लाला सर्वसुखजी से कहा कि लाला जी तुमने कहाँ सगाई कर दी। वह तो तुम्हारी बराबरी के नहीं है। बरात भी हलकी लावेंगे।

उन्होंने यह उत्तर दिया था कि भाई मैंने तो घर-वर दोनों अच्छे देख लिये हैं। उनका बड़ा कुटुम्ब है। सादा चलन है। लड़का पढ़ा-लिखा[155] है। दूकान का कारबार अपने हाथ से करे है और बड़ा चतुर है। रुपया-पैसा किसी की जाति नहीं। ऊपर की टीप-टाप अच्छी नहीं होती। मनुष्य को चाहिए कि जितनी चादर देखे उतने पाँव पसारे। मुझे यह बात अच्छी नहीं लगती। जैसे और हमारे बनिये हाट-हवेली गिर्वी रखके वा दूकान में से हजार दो हजार रुपये जो बड़ी कठिनाई से पैदा किये हैं, बिवाह में लगाकर बिगड़ जाते हैं।

अब मुलिया का बिवाह फुलै दोयज[156] का ठहर गया। दिन के दिन बरात आयी।

जब बरात चढ़ ली और जनवासे में जा ठहरी, गाड़ीवानों को भूसा दिलवा दिया गया। इक्कावन रुपये नकद, सोने के पाँच गहने, तीन सौ रुपये की मालियत, पाँच बरतन, जरी का जामा, एक घोड़ा और पालकी यहाँ से खेत में गया[157]। जब खेत देके लौटे तो यह कहते आये कि लाला साहब जीमने की जल्दी करो। दस बजे से पहिले के फेरे हैं। ऐसा न हो कि लगन[158] टल जाय।

जब बारात जीमने को आयी तो नौशा इसलिये नहीं आया कि क्वारे नाते नहीं जिमाते हैं। सत पकवानी[159] हुई थी। सबने प्रसन्न हो के खाया और जब जीम चुके, मँढे के नीचे फेरों को बैठ गए।

दिलाराम पाँडे और एक ब्राह्मण ने जो समधियों की ओर था, मिलकर बिवाह करा दिया। फेरों पर से उठ के भूर बाँटी और फिर समधी जनवासे में चले गए।

जब कोई पहर भर दिन चढ़ा, बरात में से लड़कों को बुला भेजा कि बस्यावल[160] जीम जाओ। दोपहर पीछे बेटी वाले के यहाँ से नौतनी[161] गई। रात को बराती ताशे बजवाते जाजकियों से गवाते, अनार और माहताबी[162] छोड़ते जीमने आए।

अगले दिन जब बरी-पुरी[163] हो ली, बिदा की ठहरी।

उस समय लाला सर्वसुख जी ने सब बारातियों के एक-एक रुपया, नारियल, टीके किया। उसमें बड़ी वाह-वाह रही। इक्कीस तियल[164], एक दोशाला, ग्यारह बरतन, एक बड़ा भारी टोकना, कुछ रुपये नकद और पकवान आदि उस समय समधी को दिया। और कमीनों को ले-दे लाला सर्वसुख और दौलतराम ने हाथ जोड़ के कहा कि लाला साहब हमसे कुछ नहीं बन आया तुमने हमको ढक लिया[165]।

वह बोले लाला तुमने हमारा घर भर के बाहर भर दिया।

फिर दुलहा और दुलहन को पलंग पर बिठा के धान बोये। लौंडिया रोने लगी कि मैं तो सासू के नहीं जाऊँगी। उस समय उसकी माँ, दादी और चाची समेत और जो स्त्रियें खड़ी थीं सब आँसू भर लायीं उन सबको रोते देख दौलतराम की आँखों में से भी आँसू निकल पड़े और कहने लगा बेटी रोवे मत, तुझे जल्दी बुला लेंगे। फिर लड़की और लड़के को पालकी में बिठा दिया और बुढ़ाने दरवाजे[166] तक सब बिरादरी के आदमी बारात को पहुँचाने आए। समधियों से राम-राम कर अपने-अपने घर चले गए।

लाला सर्वसुखजी की सलाह तीन रोटी[167] देने की थी। कहीं छोटेलाल के मुँह से निकल गई थी कि दो ही रोटी बहुत है। इस बात पर दौलत राम की बहुत बहुत नाची-कूदी[168] और कहने लगी कि छोटेलाल की गाँठ का क्या खर्च हो था? अभी तो मालिक बैठा है।

नन्हे की सगाई बुलन्द शहर में झुन्नी-मुन्नी के यहाँ हुई थी। वह खत्ती[169] भरा करें थे। नाज का भाव जो गिरा उन्होंने अपनी चारों खत्ती बेच दीं। इसमें उनकू दो हजार रुपये बन रहे। सो उन्होंने यह सलाह की कि भाई लौंडिया का बिवाह कर दो। यह इसी के भाग के है।

बिवाह सुझवा के सर्वसुखजी को एक चिट्‌ठी भेजी कि सतवा तीज का

बिवाह न केवल सूझे है (बहुत शुभ भी है) सो तुमको रखना होगा। और पीछे से नाई साहे चिट्ठी लेके आवेगा।

जब यह चिट्ठी यहाँ आई लाला ने छोटेलाल और दौलत राम को उनकी माँ के सामने बुला के सलाह की। ये ही ठहरी कि रख लो। जहाँ सौ नहीं, सवाये। छोटे लाल ने कहा कि हमें अपने काम से काम है बहुत-सी टीप-टाप में कहाँ की नमूद मरी जा है।

लाला की घरवाली बोली कि कल को दो रुपये का कुसुंभ भेज देना। हम रैनी तो चढ़ा लें और गोटा किनारी लेते आना। दिन कै रह गये हैं। आगे सीना-पिरोना[170] है।

लाला बोले यह सब काम दौलत राम कर देगा और भाई छोटेलाल कल चौधरी को बुला के पूछो तो सही, कि कितने-कितने गाड़ी हो हैं[171]।

छोटे लाल ने कहा कि पहिले सवारी लिखी जायँ कि कितनी बहिली जायँगी। तब दो जगह पूछकर किराये कर लेंगे।

दौलत राम ने कहा चबीनी तो दो दिन पहिले हो जायगी, क्योंकि गर्मी के दिन हैं। बहुत दिन में पकवान बुस जा है।

अगले दिन यहाँ से बुलन्द शहर की चिट्ठी का उत्तर लिख दिया गया है। और थोड़े दिन पीछे वहाँ से नाई साहे चिट्ठी ले के आया। उसमें सात बान लौंडे के और पाँच बान लौंडिया के[172] लिखे थे। तिवास के दिन सारी बिरादरी को जेवनहार हुई। जो जीवने नहीं आया, उसका परोसा[173] घर बैठे गया। जब लौंडा घोड़ी चढ़ लिया रात को बरात चल दी और हापुड़ जा ठहरी[174]। वहाँ लाला ने पहिले ही आदमी भेज दिये थे कि वहाँ जाकर बन्शीधर से कह के बाग में कढ़ाई चढ़वा दें। सो वहाँ सब सामान तैयार था।

लाला ने बरातियों से कहा लो भाई, न्हा-धो के पहिले भोजन कर लो।

रात को चबीनी बाँट के फिर चल दिये और दो पहर से पहिले बुलन्द शहर जा पहुँचे। शहर के बाहर से बेटीवाले के घर खबर करने को नाई भेज दिया। जब बारात चढ़ ली गाड़ीवानों से दाने-भूसे पर तकरार हुई[174a]। ताशेवालों और जाजकियों ने एक-एक आदमी के दो-दो परोसे माँगे। जब वार-द्वारी हो चुकी, तब नौशे को जनवासे में ले गए। और जब लौंडा फेरों पर से उठ के

थापा पूजने गया, वहाँ उसने यह चार छन कहे और एक-एक छन का एक-एक रुपया लिया।

१. छन पिराकी आईयाँ और छिन पिराकी जोड़ा
दूसरा छन जब कहूँगा जब ससुर देगा घोड़ा।
२. छन पिराकी आईयाँ और छन पिराकी धार।
अब का छन जब कहूँ जब सासू देंगी हार।
५. छन पिराकी आईयाँ और छन पिराकी बोता।
धौंसा लेके ब्याहने आया सर्वसुख का पोता।

यह सुनकर सब स्त्रियाँ हँस पड़ीं और कहा तीन हुए। एक और कह दो।

४. छन पिराकी आईयाँ और छन पिराकी खुरमा
तुम्हारी बेटी ऐसी रक्खूँ जैसे आँखों में का सुरमा॥

दो रात बारात वहाँ रही और विदा होकर बराती आनन्दपूर्वक अपने घर आ गए।

यहाँ खोड़िये[175] में अर्थात विवाहवाली रात को अड़ौसन और बिरादरी की स्त्रियें इक्ट्ठी हुई। सबने गाया-बजाया। पैसा-पैसा बेल[176] का दिया नाच-कूद हो ही रहा था कि चौधरी की बहु ने कहा—अरी दौलत राम की बहु कहाँ है?

उसकी सास बोली अपने घर पड़ी सोवे है।

उसने कहा यहाँ क्यों नहीं आई? कहीं लड़ी तो नहीं थी।

छोटेलाल की बहु ने कहा नहीं जी, यहाँ तो उसे किसी ने आधी बात[177] भी नहीं कही।

वह बोली उसे मैं लाऊँ हूँ और दो चार लुगाइयों को साथ ले उसके घर पहुँची और शर्माशर्मी सोती को उठा के लायी और सबके बीच में बिठा के उससे ढोलक बजवायी। वह बेचारी गाना बजाना क्या जाने थी।

ढोलकी के बजते ही सब लुगाई हँस पड़ीं।

वह वहाँ से उठ खड़ी हुई और रूस के[178] अपने घर चली गई।

सबने मनाया फिर न बैठी।

अब लाला सर्वसुख जी बहुत बूढ़े हो गए थे, दूकान का काम तो बड़े बेटे दौलत राम ने सँभाल लिया था परन्तु लाठी ले-के ढुलकते-ढुलकते दोपहर पीछे रोटी खा के दूकान चले जाया करें थे।

छोटेलाल यह कहा करे था कि लाला जी अब तुम बैठ के भगवान का भजन करो और इस जगत की माया मोह को छोड़ो। छोटी बहु सुसरे की बड़ी टहल करे थी। बिछौना बिछाना, धोती धोना, रात को गर्म दूध करके पिलाना यह सब काम यही करे थी और अपने भनेलियों से कहती कि जी यह हमारे तीर्थ हैं। हमारे कहाँ भाग जो अपने बड़ों की टहल करें। धर्म-शास्त्र में लिखा है कि जो अपने बड़ों की टहल करते हैं उनके कुल की वृद्धि होती है, और स्वर्ग प्राप्त होता है।

जब कभी वह बूढ़ा दौलत राम की बहु से पानी माँगता वा और किसी काम को कहता तो काम तो क्या करती, परंतु कहती कि उत्ता[179] मरता भी तो ना है। रात-दिन कान खा है।

वह कहता हाँ बहु सच है, हमारी वह कहावत है—दाँत घिसे और खुर घिसे, पीठ बोझ ना ले। ऐसे बूढ़े बैल को कौन बाँध भुस दे।

बुढ़िया उतनी नहीं थक गई थी। अपना काम अपने हाथ से कर ले थी। छोटेलाल की बहु से कहा करे थी अरे तेली के बैल की तरह दिन-भर इतना मत पिले। माँदी पड़ जायगी तो हमें पानी कौन पकड़ावेगा? और बहु हमारे पक्के पात हैं। आज मरे कल दूसरा दिन। तेरा कच्चा कुनबा है[180]।

इसी बात पर दौलतराम की बहु कहती कि देखा बुढ़िया दोजगन[181] को। छोटी बहुत को कैसी चाहे है?

एक दिन बैठे बिठाये बड़े लाला को तप चढ़ आई तीसरे दिन खाँसी हो गई फिर साँस हो आया। हकीमजी को बुलाया। उन्होंने नाड़ी देखके कहा कि लाला सर्वसुखजी की अब रामनगर की तैयारी है। औषधी मैं बतलाये देता हूँ, पिलाओ। और लाला से बोले कि लाला सर्वसुखजी, अब अच्छा समय है कि भगवान की दया से बेटे-पोते मौजूद हैं।

वह बोले हकीमजी कोई ऐसी औषधी दो कि अबकी बिरियाँ मैं बच जाऊँ और दौलतराम और छोटेलाल का साझा बाँट दूँ। मैं जानू हूँ कि मेरे पीछे फ़जीता होगा।

हकीम जी तो चले गये। लाला बेटे-पोतों की ओर देख आँसू भर लाये। उन दोनों का जी भर आया। बेचारी बुढ़िया रोने लगी।

छोटेलाल ने कहा कि लाला जी, घबराओ मत। भगवान ने चाहा तो अच्छे हो जाओगे।

अगले दिन गौदान कराया और गंज[182] की दूकान पुन्य करके पुरोहित को दी।

पाँचवें दिन लाला का हाल बेहाल हो गया। जब नाड़ी बहुत मन्द पड़ गयी गंगाजल मुँह में डालने लगे। और फिर जमीन पर उतार कर पंचरत्न मुँह में डाला।

जब लाला काल कर[183] गये, बेटे हाय लालाजी-लालाजी कहते हुए बाहर आन बैठे। मुरदे के चारों ओर स्त्रियाँ घिर आयीं और रोने-पीटने लगीं। बाहर जब मुहल्ले और बिरादरी के लोग इकट्ठे हो गए, बिमान बनाने[184] की ठहरी। ताशेवाले और जाजकी[184] बुलाये गए।

जब कोई मुहल्ले वा बिरादरी में से आता, यह कहता कि लाला सर्वसुखजी बड़े भाग्यवान थे, जिनके बेटे-पोते मौजूद हैं। उनका तो आज खुशी का दिन है।

कोई कहता कि साहिब जहाँ मिल जायें थे पहिले से पहिले ही राम-राम कर लें थे। अच्छा स्वभाव था।

पुरोहित जी बोले कि महाराज, उन्होंने अपने जीते जी एक काम अच्छा किया इस काल में जितने कँगले आये सबको पाव-पाव भर दाने दिये।

जब दोनों भाई भद्र हो चुके, पिंजरी को उठा अन्दर ले गए। और मुर्दे को न्हुला-धुला तख्तों पर रख दिया और एक दोशाला ऊपर डाल दिया और जरी की झालर ऊपर लगायी चारों ओर झंडियाँ लगायी गयीं।

एक पोते को घड़ियाल बजाने को दी। शेष दोनों में से एक को शंख, दूसरे को घण्टा दिया। सुखदेई का बेटा शिवदयाल यहाँ मण्डी में मूँज बेचने आया था। नाना का मरना सुनते ही भागा आया।

लोग बोले साहेब धेवता भी आन पहुँचा। इसके हाथ में मोरछल[186] दो।

फिर राम-राम सत्य कहते मुर्दे को मरघट में ले पहुँचे।

औरतें भी पीछे से सूर्य कुण्ड न्हाने गयीं। तीन दिन तक बड़े हाँसे तमाशे रहे। तीसरे दिन जब उठावनी हो चुकी, दसवे दिन न्हान धोवन हुआ। ग्यारवें दिन एकादशा में अचारज को बहुत माल दिया और लाला के हुलास सूँघने की चाँदी

की डिबिया भी दे दी। तेरहवीं के दिन सारी बिरादरी की जेवनार हुई। पक्का परोसा किया[187]। और मुहल्ले में भी बाँटा।

अगले दिन से छोटेलाल नौकरी पर जाने लगा। दौलत राम दूकान के धंधे में लग गया। बुढ़िया अब सुस्त रहने लगी। दौलत राम की बहु के अभिमान का कुछ ठिकाना नहीं रहा। ऐसी बढ़कर बातें मारती और कहती कि जो कुछ करे है, मेरा ही मालिक करे है। और यह सारी मेरे ही मालिक की कमाई है।

जो चीज लाला के सामने छोटेलाल के घर दूकान से आया करे थी, आना बन्द हो गई। बुढ़िया बहुतेरा कहती पर उसकी कौन सुने था।

बहु के सिखाये में आके दौलत राम की दृष्टि भी फिर गई।

छोटे लाल ने एक दिन अपने घर में सलाह की कि भाई तो सारा माल-मता दबा बैठा। साझा बाँटने के नाम से बात नहीं करता। अब क्या करें? उसने कहा सुनो जी हम क्या छाती पर रखकर ले जाएँगे और आगे कौन ले गया है? बिरादरी वाले कहेंगे कि बाप के मरते ही फजीता हुआ। जब तक बुढ़िया बैठी है, चुप ही रहो। आगे जो होगा देखी जायगी। भगवान का दिया हमारे यहाँ भी सब कुछ है।

बाप को मरे छह महीने बीते होंगे कि बुढ़िया मर गई।

दौलतराम की बहु बोली बाप का मरना तो बड़े बेटे ने किया माँ का मरना छोटा बेटा करेगा।

चौधरी की बहु ने कहा कि दूकान तो अभी साझे में है?

उसने बोली कि हैं किसका साझा? अपना खाना अपना पीना।

बाहर मरदों में भी यही चर्चा फैली। दौलत राम ने एक न मानी। छोटेलाल ही का खर्च उठा। मा को बड़े गाजे बाजे से निकाला। पहिले से अच्छी बिरादरी की जेवनहार कर दी।

जब छोटेलाल ने देखा बड़ा भाई किसी प्रकार से नहीं मानता, साझा बाँटने के नाम लड़ने को दौड़े है। एक वकील की सलाह से तकसीम की अर्जी दे दी।

इस पर जवाबदेही दौलत राम ने की कि यह सब मेरा पैदा किया हुआ है।

हाकिम ने इस मुकदमे को पंचायत में भेज दिया। पंचों ने न्याय की रीति से आधा बाँट दिया। दौलत राम को पंचों का कहा अंगीकार करना पड़ा। क्योंकि

उन्होंने समझा दिया कि जो तुम इसके न मानोगे और आगरे की सुध धरोगे तो बिगड़ जाओगे[188]।

मण्डी की दूकान दौलत राम के पास रही। तिसपर भी दौलत राम की बहु कहने लगी कि हमको पंचों ने लुटवा दिया। जिस हवेली में दोनों भाई रहें थे छोटेलाल के हिस्से में आई।

इस कारण दौलत राम को दूसरी हवेली में जाना पड़ा। जिस दिन दौलत राम की बहु उठ के गई चलती-चलती दो खिड़कियों के किवाड़ और चौखट उतार के ले चली। जूँ ही दोवारी पहुँची चौखट से ठोकर खा के गिरी।

बोली हे भगवान उत्ते[189] बैरी यहाँ भी चैन नहीं देते!

और बड़-बड़ करती चली गई।

संदर्भ

1. तौलने के पैसे/मूल्य स्वरूप प्राप्त राशि।
2. अनाज आदि।
3. लेन देन।
4. समझने लगे पचास हज़ार रुपए इनके पास होंगे, उस समय यह राशि बहुत बड़ी थी।
5. पुन्य-पुण्य-'पुन्न' ही शुद्ध।
6. एक के बाद एक।
7. पाठ भेद—'बिवाही'—'बिआही' ही शुद्ध।
8. बड़े बच्चे लड़के या लड़की के नाम से, उसकी माँ के रूप में ही पत्नी को पति सम्बोधित करता था—कुछ वर्षों पहले तक गाँव-कस्बों में यही 'रीत' थी।
9. अपने ही व्यवसाय में डालूँगा।
10. मुहावरा—स्वच्छन्दता से घूमता, शैतानियाँ करता है।
11. प्यार से लड़कियों के लिए सम्बोधन।
12. मुहावरा—'प्रसन्न हो जाती है।'
13. दिन छिपने से पूर्व।
14. जन्म कुण्डली।
15. बात पक्की करने।
16. सराय (एक स्थान)।

17. आए हुए सम्बन्ध के विषय में ऐसा ही लोक-विश्वास प्राय रहता था।
18. मुहावरा—'सहज प्राप्य'।
19. संदेसा—जनभाषा का सशक्त प्रयोग 'कहलाने' से 'कहलावत'।
20. तरफ-पक्ष।
21. अड़ोसन-पड़ोसन।
22. चरण-स्पर्श—गाँवों में पैर पड़ने, छूने का ढंग यही था।
23. बूढ़े होने तक सुहागन रहो—आशीर्वचन।
24. स्त्रियों।
25. पढ़ी हुई।
26. सहेलियों।
27. विवाह संस्कार के समय वर-वधू के पाटरे बदल कर पण्डित इस बन्दिश को समाप्त कर देता था कि द्विरागमन (गौने) के लिए शगुन-पत्रा आदि का विचार किया जाए।
28. नंगा हो गया—रहस्य खुल गया।
29. मुहावरा—किचकिच, लड़ाई।
30. मुहावरा—जलन रखती है।
31. तभी से।
32. इधर-उधर की चुगली करना, सिखाना—जनभाषा का अत्यन्त सशक्त प्रयोग।
33. मझोली—एक विशेष प्रकार की गाड़ी, मझोली से तात्पर्य बीच की अर्थात् वह रथ और बैल—ताँगे के बीच की-सी सवारी होती थी—इन वाहनों का श्रेणी विभाजन क्रमशः इस रूप में था रथ—मझोली—इसे रब्बा भी कहा जाता था—ताँगा (बैल-ताँगा)। सामान-वजन ढोने के लिए बैलगाड़ियाँ होती थीं।
34. गौना—द्विरागमन—विवाह के बाद वधू के पहली बार ससुराल आने की प्रथा जो विवाह के प्रायः तीन, पाँच, सात या नौ वर्ष बाद तक भी सम्पन्न की जाती थी क्योंकि बाल-विवाह होते थे। विवाह के समय बच्चे जितने छोटे होते थे—उतनी ही द्विरागमन—गौने की अवधि लम्बी होती थी।
35. धी-बेटी—दोनों का अर्थ पुत्री है किंतु लोक-भाषा में इसी रूप में अनेक प्रयोग प्रभावी रूप से प्रचलित थे।
36. किसी भी ऊँची नौकरी पर लगे व्यक्ति को इसी रूप में कहा जाता था कि नौकर हो गया 'नौकर' शब्द में आज की अर्थ ध्वनि नहीं थी।
37. कर दिया—नियुक्त कर दिया।
38. पाठ भेद—'गौने आयी'—इसे शुद्ध कर सही शब्द की हत्या हो गयी है—सही शब्द 'गौनयायी' ही है।
39. पाठ भेद—'अत्यंत' शब्द यहाँ कृत्रिम लग रहा है—पूरे भाषा-संस्कार से मेल नहीं खाता है, यहाँ—'खूब' या 'बहुत' अधिक सुसंगत है।
40. उपन्यास में बारम्बार इस बात का रेखांकन किया गया है कि बनियों का जन-जीवन इसके केन्द्र में है।

41. पाठ भेद—'निगोती' नहीं प्रचलित शब्द 'निगोड़ी' ही है।
42. पिंडोल को पोता—पीली सी चिकनी मिट्टी पुताई के लिए होती थी , उसे कपड़े से पोता जाता था, इस कपड़े को ही 'पोता' कहा जाता था।
43. खालिस—विशुद्ध।
44. 'वाये' या 'वाय' का प्रयोग ही कौरवी का शुद्ध रूप।
45. चौका—बासन—चौका बर्तन।
46. रोटी बनाती।
47. पाठ भेद—पेरी पिरावठा—'पराँवठा' ही प्रचलित प्रयोग।
48. पाठ भेद—'दो पहर'—शुद्ध 'दोपहर' ही।
49. बहन जैसी।
50. पाठ भेद—'या'—'वा' किताबी शब्द, बोलचाल में 'या' का ही प्रयोग।
51. कुशल-क्षेम।
52. मन ऊबने के लिए बड़ी सक्षम अभिव्यक्ति।
53. पत्रों की बड़ी लोकप्रिय शैली।
54. बना लेना।
55. कोथली—लड़की को प्रेम से भेजी जाने वाली मिठाई-आदि की भेंट कभी-कभी पहनने के वस्त्र भी इसमें होते थे।
56. पश्चिमी उत्तर प्रदेश में बाग, घर और कुएँ की प्रतिष्ठा को लोकरीति जिसमें बाग/घर/कुएँ के मालिक-मालकिन का विवाह पूर्णत: विवाह की रीति से कराकर बड़े स्तर पर प्रीति-भोज का आयोजन होता था।
57. पाठ भेद—'शिवालय' जन-भाषा में 'शिवाला' ही प्रचलन में।
58. 'ओढ़ना'—शब्द का अपभ्रंश।
59. बहल—बैल तांगे का सजावट वाला रूप।
60. दूध निकालना।
61. वैर विषवाद—वैर भाव का विष—जनभाषा का अत्यंत सशक्त शब्द।
62. दोपहरी में स्त्रियों की प्राय: यही दिनचर्या हुआ करती थी।
63. मुहावरा—चुप रह कर वार करने वाली।
64. मुहावरा—बहुत सारी चीजें।
65. लौटा दिया।
66. छटाँक—'छटाँक' ही शुद्ध।
67. छटाक भर घी पक्का—अशुद्ध प्रयोग है, सही प्रयोग—'पाव भर पक्का', 'सेर भर पक्का', इसी प्रकार छटाँक भर पक्का। 'पक्का' का अर्थ यहाँ 'पूरा' से है।
68. व्यंग्य में बातें मारना।
69. पाँच पत्थर—मुरदे की गंगा या श्मशान पर पूर्ण किया करके वहाँ से लौटने वाले उधर से पीठ पीछे कर पाँच कंकड़ (पत्थर) फेंकते थे—उधर मुड़ कर भी नहीं देखते थे—अशुभ-निवारण किया जाता। पाँच पत्थर ले कर पीछे पड़ना का भाव बहुत ही अशुभ चाहना।

70. लोकोक्ति—अपनी हानि और दूसरों के लिए उपहास का विषय।
71. छोटी बहू के घर में रहूँगी।
72. मुहावरा—भला-बुरा सोच विचार कर।
73. पाठ-भेद—'में'—शुद्ध 'मैं' ही।
74. मुहावरा—इज़्ज़त में फर्क डाला।
75. मुहावरा—तितर-बितर कर देना, अलग कर देना।
76. लोकोक्ति—अपना ही बेटा बुरा तो दोषारोपण करने वालों का दोष नहीं।
77. बटवारा कर दिया।
78. पत्र लिखने का तत्कालीन ढंग।
79. बीमार—जनभाषा का अत्यंत सशक्त शब्द जिसका समतुल्य अंग्रेजी में 'नाँट कीपिंग वैल' बहुत बाद का है।
80. अतिथि आदि।
81. उस समय पत्रों में विक्रम संवत् का ही प्रयोग प्रचलन में था।
82. पाठ भेद—'धेवत', धोवती का शुद्ध।
83. लोकाभिव्यक्ति, आज तक भी लड़कियों की अधिकता में यही प्रयोग प्रचलन में है।
84. पाठ भेद—सुनाई आ—एक ही शब्द के रूप में 'आ' पृथकतः नहीं।
85. डाक टिकट का।
86. भात नौतना—भाई के यहाँ पीहर में संतान के विवाह पर भात लाने के लिए प्रार्थना का रूप—जिसमें गुड़ की भेली (या आजकल मिठाई) ले कर बहन जाती थी—साथ में अपनी देवरानी, जिठानी, ननद आदि को भी ले जाया जाता था। अभी भी यह प्रथा यत्किंचित् परिर्वतनों के साथ प्रचलित है।
87. गृहस्थ।
88. बाल-बच्चा।
89. धौन भर-20 सेर, चार धड़ी की तौल।
90. तीयल—स्त्रियों के पहनने के पूरे वस्त्र—लहँगा—ओन्ना (ओढ़ना) कमीज़ या अंगिया आदि बाद में साड़ी—ब्लाउज़ आदि।
91. बीबी बहन के लिए प्यार का सम्बोधन।
92. बुलावा नाई के द्वारा दिया जाता था।
93. पाठ भेद—बिछुरा—'बिछुआ' ही शुद्ध।
94. नो नगे कपड़े—वे वस्त्र जिनकी संख्या नौ हो सब के लिए नौ-नौ कपड़े—धोती, कमीज, रूमाल, टोपी, तौलिया, मौजे आदि मिलकर नौ।
95. तीयल भरी-भरी—जिन पर खूब काम हुआ हो।
96. पहले दहेज की वस्तुएँ इसी रूप में प्रदर्शित की जाती थीं।
97. भात लाने वाला अर्थात् 'मामा'।
98. पाठ भेद—'या' ही शुद्ध।
99. बाजे के वाद्य—ताश, नगाड़े, शहनाई आदि।

100. पहले जन्म-पत्री, सगाई, आदि पर पान का बीड़ा और बताशे स्वागत सत्कार में दिए जाते थे।
101. कीकर के गोंद की पंजीरी जच्चा को दी जाती थी जिससे कमर में दर्द न हो।
102. पाठ भेद—'वा'—'व' ही शुद्ध।
103. फले-फूले।
104. धी-ध्याने—लड़कियाँ और उनके पति, धेवते को भी ध्याना ही माना जाता था।
105. वारफेर का, न्योछावर का।
106. गरम करके।
107. परहेज़ का खाना।
108. कुछ वस्तुएं—दाल, गुड़, आटा आदि उठा कर बच्चे पर वार-फरे करके रख दिया जिसे बाद में किसी पंडित या भिखारी आदि को दे दिया जाता था।
109. मंत्र से झाड़ना।
110. पाठ भेद—'स्याना-वाना' शुद्ध।
111. पाठ भेद—'वा'—'या' ही शुद्ध।
112. पाठ भेद—'पकली'—'पकड़ी' ही शुद्ध।
113. एक आयुर्वेदिक देसी औषधि जिसकी पोटल बना कर आँखों पर रखी जाती थी।
114. आँखों के दुखने पर मलाई के फोहे बाँधे जाते थे। विशेष रूप से बकरी के दूध की मलाई के।
115. काजल—जो थाली आदि में रगड़ कर बनाया जाता था—इसीलिये उसे 'रगड़ा' कहा जाता था।
116. बच्चों के लिए काजल इसी प्रकार बनाया जाता था। इसे बनाने की कला में सिद्धहस्त स्त्रियाँ कई-कई गाँवों में प्रसिद्ध होती थीं।
117. अस्पताल—वह स्थान जहाँ 'शफ़ा' मिल जाए—स्वास्थ्य, नीरोगता।
118. एक बार।
119. बच्चों को चलाना सिखाने के लिए लकड़ी का बना वर्तमान के 'वाकर', 'प्रेम' जैसा उपकरण।
120. अपने ही घर में।
121. मिलने आने वाला, आज भी हमारे पास इसके समतुल्य शब्द नहीं है।
122. बच्चे को घुटनों—पैरों पर बिठा कर हिलाने-बहलाने का खेल।
123. गले की हड्डी (कॉलर बोन) का अपने स्थान से खिसकना, यह बच्चों में प्राय: हो जाता था जिसे मल कर ठीक कर दिया जाता था, मलने वाले खास-विशेषज्ञ (स्त्री-पुरुष) दोनों ही होते थे।
124. क्षण भर।
125. शहर के ऊपरी हिस्से पर।
126. घर की छोटी-छोटी चीज़ों की बात।
127. आभूषण।

128. दुखी।
129. बहुत जोर से कारुणिक ढंग से रोना।
129. पाठ भेद 'वा'।
131. लड़की जैसी।
132. बीमार।
133. पाठ भेद—'जान'—शुद्ध 'जीने'
134. त्योहार पर निम्न वर्ग, घर के नौकर-चाकरों को दिया जाने वाला खाना-मिष्ठान्न आदि। हर त्योहारी लेने पाँच 'कमीन' (यही शब्द निम्न जातियों के लिए प्रचलित था, पर 'दलितों' के लिए घृणा जैसा भाव उस समय तक नहीं था—त्योहारों पर 'त्योहारी' ले कर ये लोग उस परिवार से एक स्नेह-बंधन में जुड़ते थे।)
135. पाठ भेद—'लल्लो-पत्तो'
136. परिचय में हिल-मिल जायेगा।
137. तत्कालीन समय में प्रगतिशील विचारों के पन्द्रह -सोलह वर्ष तक विवाह नहीं करते थे अन्यथा तो 5 से 9 वर्ष तक की आयु में भी विवाह होते थे।
138. सामान्यता में यही सामाजिक मान्यता थी, कुलीन लोग यह कहने में गौरव अनुभव करते थे कि हमारे यहाँ तो पोतड़ों में ही (सगाई) विवाह-सम्बन्ध पक्के हो जाते हैं।
139. एक दम से आवाज के साथ गिरना।
140. इन महीनों में स्त्रियाँ तड़के ही तारों की छाँव नित्य कुएँ/नल पर नहाती थीं—पूरे महा सुनियमित।
141. पाठ भेद—'उछापन'—'उद्दापन' ही शुद्ध।
142. लोक-व्यवहार के विरुद्ध।
143. संध्या, समय, सँझावती होते ही।
144. टोने-टोटके में ऐसा किया जाता था।
145. बुरी-बुरी गालियाँ देना एक-दूसरे को।
146. पायल जैसा पैरों का गहना।
147. ब्याज पर देना।
148. किस्सागोई की सहज शैली।
149. तलाबेली पड़ना—बहुत हड़बड़ी, घबराहट।
150. पाठ भेद—'फक्का'—'फक्क' ही शुद्ध।
151. डाल दिया।
152. कुएँ में बाल्टी, डोल आदि गिर जाता था, उसे लोहे का काँटा डाल कर निकाला जाता था।
153. पाठ भेद—'कीकड़'—'कीकर' ही शुद्ध।
154. बाल-बच्चों।
155. पाठ भेद—'लिखा-पढ़ा'—'पढ़ा-लिखा' ही शुद्ध।
156. पाठ भेद—'फुलैरा दोज' (दूज) भी कहा जाता था।

157. विवाह समय एक रस्म, बारात के आ जाने पर, उसके स्वागत में सबसे पहली रस्म जो प्राय: खेत में (गाँव के बाहर ही मंदिर-स्कूल आदि में) बारात के जनवासे में आने से पहले की जाती थी।

158. पाठ भेद—'लग्न'—'लगन' ही शुद्ध।

159. सात पकवानों वाली दावत।

160. एक प्रथा जिसमें दूल्हा और उसके कुछ साथी सुबह का भोजन करने जाते थे (कलेवा, नाश्ता जैसा समय) पहले इसमें बासी—रात का भोजन ही परोस दिया जाता था, इसलिए उसे 'बस्यावल' या 'बसौड़ा' कहा जाता था। इस समय दूल्हे और साथियों के साथ सालियाँ आदि खूब चुहल करती थीं।

161. न्योता—नाई बुलावा, निमंत्रण देने जाता था इसे ही 'न्योतनी' या 'न्यौता' कहा जाता था।

162. आतिशबाजी।

163. एक रस्म, फेरों के समय या विदा के समय।

164. वस्त्रों का जोड़ा—साड़ी/लहंगा कमीज, ब्लाउज आदि सहित।

165. मुहावरा—लाज रख ली।

166. मेरठ में प्रसिद्ध दरवाजा—बुढ़ाना दरवाजा या बुढ़ाना गेट।

167. तीन समय भोजन देने की—बारात के संदर्भ में यही कहा जाता था कि तीन या चार रोटी, बाग की रोटी लेंगे।

168. मुहावरा—बहुत नाराज हुई।

169. अनाज का भण्डारण, भूमि-तल में पक्की बनी खत्तियों में होता था।

170. लड़की का दहेज इसी प्रकार तैयार करते थे।

171. कितना धन गड़ा हुआ है।

172. बान-तेल—इसी रूप में पण्डित निकालता था, बान के दिन लड़की/लड़के को 'हलद' (हल्दी का उबटन) कुछ रीतियों-व्यवहार के साथ लगाते थे—इसे 'हल्द चढ़ाना' भी कहते थे।

173. परोसा—परोसे दो तहर के होते थे—चूल्हे-न्यौत और तगड़बंद—चूल्हे-न्यौत का अर्थ घर के प्रत्येक व्यक्ति को न्यौता जिसका उस घर के चूल्हे पर भोजन बनता था। तगड़बंद में केवल पुरुष ही न्योते जाते थे। परोसे में प्राय: 12 कचौड़ी और चार लड्डू प्रति व्यक्ति गिन कर भेजे जाते थे।

174. बारात रास्ते में इसी प्रकार रुक कर जाती थी—बैलों को आराम मिल जाता था, इसे दुमन्जिली बारात कहते थे।

174a दाना-भूसे पर तकरार प्राय: ही होती थी। बैलों के लिए टोकरों में नाप कर भूसा और तौल कर दाना दिया जाता था। इसके अतिरिक्त 'पौहनों' (वाहनों) के स्तर के अनुसार घी-तेल, गुड़ भी दिया जाता था। रथ के बैलों को पाय: 1 सेर देसी घी, 'रब्बा' वाले बैलों को 1 सेर सरसों का तेल और सामान्य बैल तांगेवालों को आधा सेर तेल मिलता था। गुड़ भी इसी प्रकार बैलों के लिए तौल कर दिया जाता था।

175. खोड़िया—जिस दिन बारात लड़की वाले के यहाँ 'बढ़ार' के रूप में रहती थी, उसी दिन लड़के वाले के यहाँ घर-मुहल्ले-पड़ौस की स्त्रियाँ खूब नृत्य, गायन करती थीं, पुरुषों

की नकल भी उतारती थीं। इसमें किंचित अश्लीलता भी होती थी, पुरुषों को खोड़िया देखना वर्जित था। वस्तुतः यह स्त्री-स्वातंत्र्य का एक बड़ा उत्सव था, घर-पर्दे में बन्द स्त्रियाँ इस उत्सव में पूर्ण उन्मुक्त भाव से गीतों का नाट्योत्सव मनाती थीं।

176. वार-फेर का।
177. तनिक-सी भी बात।
178. नाराज होकर।
179. गाली—'निपूता' से निसृत।
180. अभी छोटी आयु के बच्चों का परिवार।
181. दुभाँत करने वाली।
182. जहाँ आढ़त लगती है।
183. मृत्यु को प्राप्त हो गए।
184. प्रथा—जब कोई वृद्ध या वृद्धा पोते-पोतियों की हो कर मरती तो प्रायः समृद्ध लोग अरथी का विमान सा बना देते, यह प्रथा अभी भी है।
185. तत्कालीन बाजा।
186. मोरपंखों का बना चंवर।
187. पक्का खाना—पूरी कचौड़ी और लड्डुओं का।
188. बर्बाद हो जाओगे।
189. निपूते से निसृत।

□□□

पं. गौरीदत्त : एक अपूर्ण-सा परिचय-वृत्त

हिन्दी के प्रथम उपन्यासकार पं. गौरीदत्त की जीवन-परिचय सम्बन्धी सामग्री बड़ी अपूर्ण-सी है। 'नागरी' (हिन्दी) के प्रचार-प्रसार में उनके ऐतिहासिक अवदान को कई लोगों ने अपने इतिहास-ग्रंथों में स्वीकार किया है किंतु उनके उपन्यासकार रूप और जीवन के अन्य क्रियाकलापों का विशेष विवरण प्राप्त नहीं होता है। उनकी जीवन-परिचय संबंधी सामग्री का अध्ययन करते हुए डॉ. रामनिरंजन परिमलेन्दु ने अपने 'स्त्री शिक्षा और हिन्दी का सर्वप्रथम उपन्यास'[1] शीर्षक लेख में अच्छी सामग्री जुटायी है। डॉ. लक्ष्मीसागर वार्ष्णेय तथा डॉ. श्रीकृष्णलाल के आधुनिक साहित्यिक विषयक इतिहास ग्रंथों को छोड़ प्रायः सभी ग्रंथों में उपलब्ध सभी जानकारी उन्होंने दी है, यह तो सर्वविदित तथ्य है कि वे मेरठ के ही निवासी थे और वैश्य (बनिया) परिवारों में उनकी अच्छी उठ-बैठ थी जिससे उस समाज का अंतरंग चित्रण करने में वे सफल हुए। डॉ. परिमलेदु ने इनकी जन्म-तिथि और निधन तिथि इस प्रकार दी है। यद्यपि उसका आधार स्पष्ट नहीं किया गया है—"पौष सुदी 2, विक्रम सम्वत् 1893 लुधियाना, सन् 1836 ईसवी माघ शुक्ल 14 गुरुवार विक्रम संवत् 1962 तदनुसार 8 फरवरी 1906 ईसवी, मेरठ।"[2] इस प्रकार प्रायः सत्तर वर्ष की आयु पाकर पं. गौरीदत्त जी का देहावसान हुआ।

'नागरी' सेवक के रूप में पं. गौरीदत्त जी का यश उनके जीवन-काल में ही चारों ओर फैल चुका था। नागरी-प्रचार के लिए उनकी गणना भारतेन्दु हरिश्चन्द्र, महामना मालवीय, अयोध्या प्रसाद खत्री, महावीर प्रसाद द्विवेदी, बालमुकुन्द गुप्त जैसे मान्य साहित्यकारों और हिन्दी सेवकों के साथ की जाती थी। भारतेन्दु जी ने पूरे देश में हिन्दी के प्रचार की जो एक चेतना जगायी थी,

उसी से प्रेरणा लेकर पं. गौरीदत्त जैसे हिन्दी सेवकों ने अपना जीवन नागरी-आंदोलन को समर्पित कर दिया।[3] डॉ. लक्ष्मीसागर वार्ष्णेय ने भारतेन्दु और उनके सहयोगियों के साथ गौरीदत्त जी का नामोल्लेख कवियों में किया है—"राजा शिवप्रसाद अफसरों को खुश रखने के लिए अपनी भाषा का गला घोंट सकते थे। किन्तु भारतेन्दु ऐसा कदापि न कर सकते थे। उनके बाद प्रताप नारायण मिश्र 'तृप्यन्ताम्' (1891); राधाकृष्ण दास: 'मैकडानेल पुष्पांजलि' (1897); महावीर प्रसाद द्विवेदी : 'नागरी! तेरी यह दशा!!' (1898); 'आशा', 'प्रार्थना' (1898); 'नागरी का विनय पत्र' (1899); और 'कृतज्ञता प्रकाश' (1900); बालमुकुन्द गुप्त: 'उर्दू को उत्तर' (1900); श्याम बिहारी और शुकदेव बिहारी मिश्र 'हिन्दी अपील' (1900), तथा अन्य अनेक कवि, जैसे पण्डित गौरीदत्त, पण्डित मोहनराय, दीनानाथ पाठकी, पण्डित हरदेव सहाय, दीनदयाल, घासीराम, महेशदत्त, मौलवी बाक़रअली, मिर्ज़ा साहब आदि मातृ-भाषा का पक्ष ग्रहण कर सरकार की नीति का बराबर विरोध करते रहे। पश्चिमोत्तर प्रदेश और अवध में यह आंदोलन बहुत जोरों पर था।[1] "कहना न होगा कि पश्चिमोत्तर प्रदेश में मेरठ का प्रमुख स्थान था और वहाँ इस नागरी आन्दोलन का केन्द्र पं. गौरीदत्त जी ही थे। डॉ. ल.सा. वार्ष्णेय ने अपने इस विवरण की पाद-टिप्पणी में, 'पं. गौरीदत्त द्वारा सम्पादित 'देवनागरी की पुकार' (1883) का उल्लेख किया है। इससे पं. गौरदत्त की इस आंदोलन में सक्रियता का परिचय मिलता है। 'उर्दू अक्षरों से हानि', 'नागरी का तारा', 'गौरी नागरी कोश' आदि उनकी इस दशा में अन्य उल्लेख्य कृतियाँ हैं।

आचार्य रामचन्द्र शुक्ल ने अपने 'हिन्दी साहित्य का इतिहास' में नागरी प्रचार आन्दोलन के सन्दर्भ में बहुत आदर से पं. गौरीदत्त का उल्लेख किया हैङ्क "भारतेन्दु के अस्त होने के कुछ पहले ही नागरी प्रचार का झण्डा पण्डित गौरीदत्त जी ने उठाया। ये मेरठ के रहनेवाले सारस्वत ब्राह्मण थे और मुदर्रिसी करते थे। अपनी धुन के ऐसे पक्के थे कि चालीस वर्ष की अवस्था हो जाने पर इन्होंने अपनी सारी जायदाद 'नागरी प्रचार' के लिए लिखकर रजिस्ट्री करा दी और आप संन्यासी होकर 'नागरी प्रचार' का झण्डा हाथ में लिए चारों ओर घूमने लगे। इनके व्याख्यानों के प्रभाव से न जाने कितने देवनागरी स्कूल मेरठ के आसपास खुले। प्रसिद्ध 'गौरी नागरी कोश' इन्हीं का है। जब कहीं कोई मेला

तमाशा होता वहाँ पण्डित गौरीदत्त जी लड़कों की खासी भीड़ पीछे लगाए नागरी का झण्डा हाथ में लिए दिखायी देते थे। मिलने पर 'प्रणाम', 'जयराम', आदि के स्थान पर लोग इनसे 'जय नागरी की' कहा करते थे। इन्होंने सम्वत् 1951 में दफ्तरों में नागरी जारी करने के लिए एक मेमोरियल भी भेजा था''।[5]

पं. गौरीदत्त और उनसे पूर्व भारतेन्दु जी तथा उनके अन्य साथी सरकार पर जिस रूप में सरकारी स्तर पर नागरी के प्रयोग के लिए दबाव बनाए हुए थे, इन्हीं के प्रयत्नों के फलस्वरूप 1900 ई. में ब्रिटिश सरकार ने अदालतों में हिन्दी भाषा और नागरी लिपि भी व्यवहार में लाने का आदेश निकाला, ''अन्त में भाषा तथा साहित्य-प्रेम के कारण स्वर्गीय बाबू (बाद को डॉ.) श्यामसुन्दर दास, पं. रामनारायण मिश्र और ठाकुर शिवकुमार सिंह के प्रयत्नों से 1893 ई. में स्थापित काशी नागरी प्रचारिणी सभा मेरठ के पं. गौरीदत्त और स्वर्गीय पं. मदनमोहन मालवीय के अथक प्रयत्नों के फलस्वरूप 1900 में लेफ्टिनेण्ट गवर्नर एंटेनी मेक्डॉनेल (1895) ने अदालत में हिन्दी भाषा और नागरी लिपि व्यवहार में लाने का सरकारी आज्ञा-पत्र निकाला।''[6]

बाबू बालमुकुन्द गुप्त ने सन् 1900 ई. में पं. गौरीदत्त का परिचय बड़े गौरवपूर्ण रूप में अपने प्रसिद्ध साप्ताहिक पत्र 'भारत मित्र' में प्रस्तुत किया था, जिससे सिद्ध होता है कि नागरी प्रचार के लिए उनको देश-व्यापी ख्याति मिल चुकी थी, ''वह उर्दू-फारसी का दास मेरठ शहर, मुसलमानी सभ्यता का चेला मेरठ नगर, जहाँ के हिन्दू ही नहीं, ब्राह्मण तक—दाढ़ी रखना पसन्द करें, वल्लाह, सुबहान अल्लाह, माशा अल्लाह और इन्शा अल्लाह की भरमार हो जहाँ दिन-रात गज़ल, शेर, मसनवी यहाँ तक कि मरासी से लेकर अच्छे-अच्छे पण्डितों के मुख पर जारी रहे ऐसे शहर में नागरी फैलाने वाले पण्डित गौरीदत्त जी की पूजा करने को किसका जी न चाहेगा।''[7] ऐसे उर्दू-फारसीमय वातावरण में अपनी जन-भाषा का प्रयोग कर उपन्यास-रचना करना निश्चय ही एक चुनौती-भरा काम था। उनकी प्रशंसा में गुप्त जी ने आगे लिखा है, ''वे नागरी ही लिखते थे, नागरी ही पढ़ते थे, तथा नागरी ही में गीत गाते थे, भजन गाते थे, गज़ल बनाते थे। नागरी में ही स्वांग-तमाशे करते थे, नाटक खेलते थे। जब सारा मेरठ शहर 'नौचन्दी' की सैर करता था, वे वहाँ देवनागरी का झण्डा उठाये फिरते थे। सारांश यह है कि सोते-जागते, उठते-बैठते, चलते-फिरते उन्हें नागरी का

ही ध्यान था। नागरी के लिए सरकार को अभ्यावेदन आदि समर्पित करने में उन्होंने बड़ा परिश्रम किया था।''[8] जीवन-काल में इस परिचय के अतिरिक्त उनके निधन पर भी बाबू बालमुकुन्द गुप्त ने ''भारत मित्र'' में श्रद्धांजलि दी थी, ''पण्डित गौरीदत्त जी बड़े नागरी हितैषी पुरुष थे। मेरठ जैसी ऊसर भूमि में नागरी का पौधा इन्होंने लगाया था। वहाँ खाली उर्दू की ही जय-जयकार थी, पर अब वहाँ नागरी जानने वाले भी बहुत हो गए थे। पण्डित गौरीदत्त जब तक जीवित रहे, नागरी की ही सेवा करते रहे। हर घड़ी नागरी की ही धुन थी। राम-राम, और नमस्कार की जगह भी कहते थे, कि ''नागरी की जय।''[9]

डॉ. क्षेमचन्द्र 'सुमन' ने 'मेरठ जनपद की साहित्यिक चेतना' में भी पण्डित गौरीदत्त का संक्षिप्त परिचय 'हिन्दी के पहले उपन्यासकार' शीर्षक अध्याय में दिया है। उनके विवरण में जो दो मुख्य सूचनाएँ दी गयी हैं, डॉ. रामनिरंजन परिमलेन्दु उनका खण्डन करते हैं किन्तु अपने खण्डन का कोई (पुष्ट-अपुष्ट) आधार नहीं देते हैं, डॉ. परिमलेन्दु का कथन है, ''उन्होंने उनकी निधन-तिथि सन् 1905 ई. दी है, जो भ्रान्तिपूर्ण एवं अशुद्ध है। उनका निधन 8 फरवरी 1906 ईसवी को हुआ। क्षेमचन्द्र 'सुमन' के कथनानुसार उन्होंने सन् 1894 ई. में नागरी प्रचारिणी सभा की स्थापना कर, उसकी ओर से 'देवनागरी' नामक मासिक पत्र भी प्रकाशित किया।'' किन्तु सत्य तो यह है कि उन्होंने नागरी प्रचारिणी सभा नहीं, मेरठ में 'देवनागरी प्रचारिणी सभा' की स्थापना सन् 1882 ई. में की थी, और उसके तत्त्वावधान में तथाकथित 'देवनागर' पत्र का प्रकाशन नहीं हुआ। वे 'देवनागरी गज़ट' मासिक पत्र के सम्पादक थे।''[10]

इन सब तथ्यों से यही स्पष्ट होता है कि हिन्दी भाषा और नागरी लिपि के प्रचार-प्रसार में पं. गौरीदत्त ने बहुत ही महत्त्वपूर्ण भूमिका निभायी थी। अभी तक के शोध के प्रकाश में उनके जीवन-परिचय सम्बन्धी सामग्री बड़ी अपूर्ण-सी है। इस ओर अभी और शोध की आवश्यकता है।

---

1. इन्द्रप्रस्थ भारती, (दिल्ली), अप्रैल-जून 1999, पूर्णांक 37
2. इस उल्लेख में सन् 1836 ईसवी के पश्चात् कोई विराम चिह्न,- आदि नहीं है किन्तु स्पष्टत: वह निधन तिथि ही है।
3. '' ... इस उल्लेख में उन्नीसवीं शताब्दी के अन्तिम वर्षों में कुछ सुयोग्य व्यक्तियों ने सर्वसाधारण में हिंदी प्रचार के लिए एक वृहत् आन्दोलन आरम्भ किया। भारतेन्दु हरिश्चन्द्र

ने अपने लेखों और भाषणों द्वारा तथा गौरीदत्त और अयोध्या प्रसाद खत्री ने हिन्दी-प्रचार का झण्डा उठाकर चारों ओर घूम-घूम कर अपने भाषणों द्वारा इसका प्रचार किया।'' डॉ० श्रीकृष्ण लाल, आधुनिक हिन्दी साहित्य का विकास, पृ० 150 (तृ० संस्करण 1952)

4. लक्ष्मीसागर वार्ष्णेय, आधुनिक हिन्दी साहित्य, पृ० 290-91 (प्रथम संस्करण 1941 ई०)
5. आचार्य रामचन्द्र शुक्ल 'हिन्दी साहित्य का इतिहास', पृ० 462-63, (संस्करण सम्वत् 2022 वि०)
6. लक्ष्मीसागर वार्ष्णेय 'आधुनिक हिन्दी साहित्य' पृ० 93, (तृतीय संस्करण, 1954 ई०)
7. बालमुकुन्द गुप्त—निबंधावली (प्रथम भाग), पण्डित गौरीदत्त जी, पृ० 32-33, उद्धृत 'स्त्री शिक्षा और हिन्दी का सर्वप्रथम उपन्यास' लेख डॉ० रामनिरंजन परिमलेन्दु।
8. उपरिवत्, पृ० 33
9. उपरिवत्, पृ० 34
10. द्र० डॉ० रामनिरंजन परिमलेन्दु का उपर्युक्त लेख।